DER MILLIARDÄR UND SEINE SCHWÄGERIN

EIN-MILLIARDÄR-LIEBESROMAN

MICHELLE L.

INHALT

Veröffentlicht in Deutschland:

Von: Michelle L.

© Copyright 2021

ISBN: 978-1-64808-876-6

 Erstellt mit Vellum

KOSTENLOSES GESCHENK

Klicken Sie hier für ihre Ausgabe

Tragen Sie sich für den **Michelle L.** ein und erhalten Sie ein KOSTENLOSES Buch exklusiv für Abonnenten.

Holen Sie sich hier Ihr kostenloses Exemplar von **Eine Besondere Nanny.**

Klicken Sie hier für ihre Ausgabe

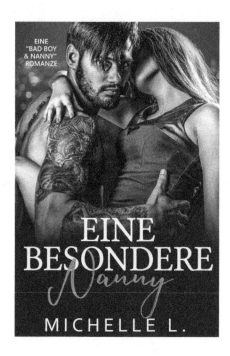

„Ich war in meinem Leben endlich an dem Punkt, an dem ich sein wollte... oder etwa nicht?"

Meine Karriere als Musikerin schien endlich abzuheben, auch wenn ich das mit meiner Familie, meiner Heimatstadt und meinem Ruf bezahlte. Leider hatte das Schicksal mit mir und meinem Bruder etwas anderes vor, sodass ich von LA wieder nach Alpena in Michigan zurückmusste.
Ohne Leila Butler wäre ich nicht weit gekommen, nachdem mein Bruder Micah kein Geheimnis daraus machte, wie sehr er mich hasste. Wenn es diese süße, sexy Blondine nicht gäbe, die so toll mit ihm umgehen konnte – wer weiß, wo ich dann wäre?
Wahrscheinlich in LA, wo ich auch hingehörte.

Klicken Sie hier für ihre Ausgabe

https://dl.bookfunnel.com/phfl5slq67

DER MILLIARDÄR UND SEINE SCHWÄGERIN
EIN-MILLIARDÄR-LIEBESROMAN

Als die wunderschöne Konzertpianistin Amalia Rai den Milliardär Jackson Gallo heiratet, handelt es sich dabei um keine Liebesheirat. Amalias Vater hat seine Tochter erpresst, damit sie den Mann heiratet, der seine Firma retten kann – und im Gegenzug dazu wird er Amas kleiner Schwester Selima erlauben, sich von ihrem gewalttätigen Ehemann scheiden zu lassen.
Während sie auf den Altar zuschreitet, ändert sich Amas Leben unwiderruflich, als sie Enda sieht – Jacksons unehelicher, italienischer Halbbruder. Die Anziehung zwischen ihnen ist fast greifbar.
Ama fängt eine sinnliche, erotische Affäre mit Enda an, um den Spannungen ihrer unechten Ehe zu entfliehen, und verliebt sich in Enda, aber als Jackson von der Affäre erfährt, ist seine Wut nicht zu bremsen.

Nicht zum ersten Mal blickte sich Amalia Rai nun im Spiegel an und fragte sich, wie um alles in der Welt sie an diesen Punkt gekommen war. *Wir sind doch im einundzwanzigsten Jahrhundert!* Und dennoch war sie, eine erfolgreiche Konzertpianistin und Musikprofessorin, kurz davor, einen Mann zu heiraten, den sie kaum kannte – und den sie zutiefst verabscheute.

Amalia schloss die Augen. Sie fand die Trauer in ihrem Blick unerträglich. Mit siebenundzwanzig hatte sie bereits so viel erreicht und hatte gedacht, sie sei endlich frei von ihrem kontrollierenden Vater und dem ganzen Kram, der in ihrer Familie so vor sich ging. Wenn sie nicht verzweifelt das Leben ihrer Schwester hätte retten wollte, hätte sie sich nie hierauf eingelassen.

Aber ihr Vater hielt die Zügel in der Hand. Er wollte Selima nicht erlauben, sich von ihrem gewalttätigen Ehemann scheiden zu lassen, wenn Amalia sich nicht bereit erklärte, Jackson Gallo zu heiraten – den größten Geschäftsgegner ihres Vaters und der Mann, der ihren Vater beinahe in die Knie gezwungen hatte. Als Gallo Gajendra Rai einen Strohhalm hinhielt – wenn er seine älteste Tochter heiraten dürfte, würde er ihm eine Geldspritze in Milliardenhöhe verpassen – hatte Gajendra keine Sekunde gezögert, bevor er zu Amalia gegangen und von ihr verlangt hatte, dass sie Jackson heiratete.

Amalia hatte ihn ohne lang zu überlegen abgewiesen. Es war untertrieben zu sagen, dass sie und ihr Vater sich nicht nahestanden. Monatelang war sie standhaft geblieben, bis Selima sie aus der Notaufnahme angerufen hatte. Ihr Ehemann hatte sie so schlimm verprügelt, dass sie kaum reden konnte und stattdessen nur ins Telefon schluchzte. Amalia ging zu ihr und war entsetzt über die Verletzungen, die er ihr zugefügt hatte, und das, was sie durchgemacht hatte. Gajendra weigerte sich aber, Selima die Scheidung zu erlauben ... es sei denn, Amalia heiratete Jackson.

Aus schierer Verzweiflung willigte Amalia ein und in ein paar Minuten würde sie nun ihren Vater am Arm nehmen und mit ihm auf den Altar zuschreiten, in der Kirche, die Jacksons Familie auf ihrem luxuriösen Anwesen am Stadtrand von San Francisco gebaut hatte. *Ein Gefängnis, kein Anwesen,* dachte sich Amalia, während sie das Hochzeitskleid glattstrich, das etwa soviel gekostet hatte wie sieben ihrer Monatsgehälter. Ihr Vater hatte es selbstverständlich bezahlt und obwohl Amalia vorgezogen hätte, traditionsgemäß in indischem Gewand zu heiraten, hatte ihr Vater darauf bestanden, dass ein klassisches weißes Kleid in der Klatschpresse besser ankommen würde.

Amalia zuckte mit den Schultern. Was machte es schon aus? Schließlich war es keine echte Hochzeit und es würde auch keine echte Ehe sein. Sie hatte Jackson klar gemacht, dass die Ehe unter keinen Umständen vollzogen werden würde. Jackson hatte gelacht und sie wusste, dass er dachte, sie mache einen Witz. Heute Nacht würde er herausfinden, dass es ihr bitterernst war.

Jackson Gallo war gutaussehend, wenn man langweilige, spießige

Collegetypen mochte. Der jüngste Sohn des Immobilienmilliardärs Macaulay Gallo tauchte oft in den Klatschblättern auf, immer mit einer der schönsten Frauen der Welt am Arm. Als er Amalia auf einer Benefizgala gesehen hatte, bei der sie einen Auftritt hatte, hatte er sie unaufhörlich verfolgt, bis Amalia seine insistierende Art zu fürchten gelernt hatte. Sie hatte gedacht, er hätte es endlich kapiert, dass sie kein Interesse hatte, als sie der Anruf ihres Vaters erreichte. Jackson hatte sich wie ein siegreicher Held gegeben, als Ama der Hochzeit zugestimmt hatte, aber sie konnte sich beim besten Willen nicht vorstellen, warum er sich so auf sie eingeschossen hatte. Ja, sie war eine renommierte Pianistin und eine sehr erfolgreiche Musikprofessorin am San Francisco Musikkonservatorium. Ja, sie wusste, dass man sie für eine schöne Frau hielt dank ihrer kaffeefarbenen Haut, ihrer hellgrünen Augen, ihres langen, gewellten Haares und ihres kurvigen Körpers, aber sie interessierte sich nicht im Geringsten für die High Society und damit für Jacksons Welt.

Es klopfte an der Tür und ihre Schwester, gekleidet in ein schlichtes, fliederfarbenes Seidenkleid, trat ein und lächelte sie an. „Hey Sis ... bist du schon fast soweit? Dad steht draußen und wird ganz nervös."

Ama lächelte sie an. „Fast." Sie seufzte und stand auf. Selima kam auf sie zu und blickte sie eingehend an.

„Es ist noch nicht zu spät, weißt du. Wir können auch von hier weglaufen und an irgendeinen warmen Ort fliehen."

Ama lachte traurig. „Und wovon sollen wir dann leben, Lima?"

Selima zuckte mit den Schultern, aber ihre Augen waren traurig. „Ich finde es schrecklich, dass du das für mich tun musst."

Ama umarmte ihre Schwester. „Ich schwöre dir, zu wissen, dass du damit diesen Mistkerl los bist, ist das einzig Gute an dieser Sache."

Selima nickte. „Danke, Ama. Das meine ich ernst. Und hör mal, im Ehevertrag steht ..."

„Dass ich zwei Jahre lang in der Falle sitze." Ama versuchte, darüber zu witzeln. „In der Falle, aber in einem goldenen Käfig. Wie viele Frauen würden alles tun, um jetzt an meiner Stelle zu stehen?"

Selima rümpfte die Nase. „Mit diesem Ekel?" Selima hatte eine ebenso schlechte Meinung von Jackson wie Amalia. Ihr Lächeln kehrte zurück. „*Olivier* dagegen ..."

Olivier Gallo war Jacksons älterer Bruder und Ama hatte ihn sehr ins Herz geschlossen. Er war Anfang vierzig und ein Workaholic, aber er war lieb und ruhig. Er war das einzige Mitglied der Familie, der Jacksons Arroganz und sein Gehabe nicht in Schutz nahm, und oft hatten sein und Amalias Blick sich bereits bei Familienabendessen über den Esstisch getroffen, und sie hatten beide die Augen verdreht, während Jackson wieder mit irgendetwas prahlte.

Und ja, Olivier war gutaussehend und hoch gewachsen mit dunklem Haar und braunen Augen, aber er strahlte eine Traurigkeit aus, die Amalia nicht verstand. Macaulay hatte Amalia einmal erzählt, das Olivier seiner Mutter besonders nahe gestanden hatte, die bei Jacksons Geburt ums Leben gekommen war, als dieser dreizehn Jahre nach Olivier auf die Welt kam. Amalia wollte gerne mehr hierüber erfahren, und auch mehr darüber, dass Olivier scheinbar für nichts anderes als Arbeit in seinem Leben Zeit zu haben schien.

Selima war bis über beide Ohren in den älteren Gallo-Bruder verknallt. Nun grinste sie Amalia an. „Ich habe mir den Platz neben ihm gekrallt. Hey, lernen wir nicht heute außerdem das schwarze Schaf kennen?"

Amalia nickte. Enda Gallo war der mittlere Bruder ... besser gesagt, der mittlere *Halb*bruder, das Ergebnis einer außerehelichen Affäre von Macaulay mit einer italienischen Schauspielerin. Amalia hatte ihn nie kennengelernt, aber sie wusste, dass er sich eher zurückzog und die meiste Zeit über in Italien wohnte. Nachdem Enda die ersten dreißig Jahre seines Lebens von seinem Vater ignoriert worden war, hatte Olivier schließlich vor sieben Jahren Kontakt zu ihm aufgenommen und nur deswegen war Enda endlich in die Familie aufgenommen und mit seinem Vater versöhnt worden. Jackson konnte ihn nicht ausstehen, bezeichnete ihn durchgehend als den „Bastard" und redete schlecht über ihn. Amalia, die Enda Gallo noch nicht kennengelernt hatte, mochte ihn schon allein deshalb, weil Jackson ihn so sehr hasste.

Die Uhr schlug zwölf Uhr mittags und Amalia seufzte. „Dann bringen wir das mal hinter uns."

Gajendra legte den Arm seiner Tochter über den seinen und lächelte sie an. „Du machst mich heute sehr stolz, Amalia."

Amalia antwortete nicht und blickte ausdruckslos vor sich hin, während sie den langen Gang der Kirche entlangschritten. Vor dem Altar sah sie Jackson stehen mit einem hochmütigen Lächeln im Gesicht. Olivier, sein Trauzeuge, lächelte sie an und zwinkerte ihr zu. Amalia seufzte. Wenn sie einfach nur mit Olivier abhängen und mit ihm befreundet sein konnte, dann könnte sie das vielleicht durchstehen. Es waren hunderte Personen da, die sie größtenteils nicht einmal kannte. Ein paar ihrer Freunde aus dem Konservatorium saßen auf der linken Seite der Kirche. Ihre beste Freundin Christina, eine ernste Cellistin aus Korea, schnitt eine Grimasse und Amalia gab sich Mühe, nicht zu lachen. Christina wusste als Einzige ihrer Freundinnen, welcher Grund wirklich hinter dieser Ehe steckte. Amalia hatte ihr gesagt, dass sie sie nicht als Trauzeugin wollte, „weil ich mir dich für meine *echte* Hochzeit irgendwann aufspare."

Christina hatte sie angegrinst und ihr zugeprostet. „Hört, hört. Darauf trinken wir."

Lieber Gott, dachte Amalia sich. Ihre ausgelassenen Partyabende schienen jetzt so weit entfernt zu sein. Würde Jackson sie davon abhalten, ihre Freiheit zu genießen? Höchstwahrscheinlich.

Amalia war nun beinahe am Altar angelangt, und sie sah, wie Macaulay Gallo sie anlächelte. Trotz seiner Schwächen mochte sie den alten Mann ... er hatte einfach nur keine Ahnung, wie man Kinder großzog und hatte all die Verantwortung für das Unternehmen der Gallos an Olivier abgegeben. Amalia erwiderte sein Lächeln. Sie hätte es mit ihrem Schwiegervater wirklich schlimmer treffen können.

Dann traf ihr Blick sich mit dem des Mannes, der neben Macaulay stand, und ihr Atem blieb ihr im Halse stecken. Hoch gewachsen, sportlich, die dunklen Locken wirr aus dem Gesicht gebürstet, funkelte er sie wütend an, seine hellgrünen Augen unglaublich ausdrucksstark. Sein Gesichtsausdruck war mürrisch und er sah wie der gefährlichste Mann aus, den sie je gesehen hatte.

Und wie der atemberaubendste ...

Amalia stolperte ein wenig und ihr Vater stützte sie. Der Mann, der ihrer Vermutung nach Enda Gallo sein *musste*, starrte sie wortlos an. *Er hasst mich ... er hasst mich ...* dachte sie mit bekümmertem Herzen. Der Ausdruck des Mannes ließ sich nicht anders auslegen. Purer Hass. Er sah aus, als wolle er ihr an den Kragen ...

Du spinnst doch. Er kennt dich gar nicht. Und du kennst ihn nicht. Vielleicht sieht sein Gesicht einfach so aus; mürrisch und düster mit einem gewissen Etwas. Sein sinnlicher Mund war zu einem dünnen Strich verzogen, als knirsche er mit den Zähnen, und Amalia hatte das Gefühl, sie könne die Wut spüren, die von ihm ausging. Als sie an ihm vorbeiging, atmete sie eine Wolke holzigen, sauber riechenden Rasierwassers ein. Es brachte ihre Haut zum Kribbeln und ihr ganzer Körper reagierte darauf: Ihre Nippel wurden steif und sie spürte ein Pulsieren zwischen den Beinen. Er verströmte puren, animalischen, gefährlichen Sex.

Selbst während sie ihren Eheschwur mit monotoner Stimme vortrug, konnte sie seinen Blick auf sich spüren. Während Jackson mit dem falschesten Lächeln, das sie je gesehen hatte, seinen eigenen Schwur vortrug, hatte Amalia die Gelegenheit, zu Enda Gallo hinüberzublicken. Er starrte ihr immer noch ins Gesicht und einen Augenblick lang gab Amalia sich der Vorstellung hin, er würde die Eheschließung unterbrechen, sie bei der Hand packen und mit ihr davonlaufen, um sie durchzubumsen, bis sie von Sinnen war ...

Woah ... woher kam das denn auf einmal? Ama gab sich Mühe, ihre Konzentration wieder auf das Geschehen zu richten und bemerkte entmutigt, dass der Augenblick an ihr vorübergegangen war: der letzte Augenblick ihres ledigen Lebens.

Sie war verheiratet.

Die Beglückwünschungen, das Abendessen und die Reden vergingen alle wie im Traum. Ama machte sich nicht einmal die Mühe, das Geplänkel ihres neuen Ehemannes anzuhören. Selbst Macaulay schien ein wenig unglücklich zu sein. Erst als Olivier aufstand, um seine Rede zu halten, schenkte sie ihm ihre Aufmerksamkeit. Er sagte all die Dinge, die von ihm erwartet wurden, und Ama konnte sehen, dass es ihm schwerfiel, nette Dinge zu finden, die er über seinen Bruder sagen konnte. Als er sich ihr zuwandte, wurde sein Blick aber um einiges freundlicher.

„Und nun zu meiner neuen Schwester ... ich bin sehr froh, dass du in unsere Leben gekommen bist, Amalia. Es ist ein wirkliches Privileg für uns, eine derart intelligente, liebe und unabhängige Person zu kennen. Ich versichere dir, meine Liebe, dass wir uns immer um dich kümmern werden ... und dich in deiner Karriere und deinen Vorhaben unterstützen werden."

Es war klar, was er meinte – *keine Sorge, wir werden nicht zulassen, dass Jackson dich kontrolliert* – und Ama schenkte ihm ein warmes Lächeln und flüsterte ihm ein „Danke dir" zu. Sie hatte einen Verbündeten. Sie fühlte sich gleich viel sicherer. Dann sah sie Enda Gallo, der am hinteren Ende des Ballsaales an die Bar gelehnt stand. Ihre Blicke trafen sich und Ama spürte, wie ihr die Röte ins Gesicht stieg. Warum hatte er nur so eine tiefgehende, animalische Wirkung auf sie? Sie hatte sich noch nie so gefühlt. Sie wandte ihren Blick ab und als sie wieder in seine Richtung blickte, war er verschwunden.

Die Hochzeitsfeier schien tagelang anzudauern und als es Mitternacht wurde, war Amalia todmüde. Sie hatte ihr Brautkleid gegen ein einfaches, weinrotes Etuikleid eingetauscht, hatte ihr Haar aus dem kunstvollen Dutt befreit, den sie bei der Eheschließung getragen hatten, und es über eine Schulter gelegt.

Sie war es satt, dass Jackson sie herumzeigte, als wäre sie ein Objekt, und als sie wieder in den Ballsaal zurückkehrte, suchte sie sofort ihre Schwester und Christina auf, die in einer Ecke standen und sich offensichtlich über die spießigen Leute der High Society lustig machten.

„Ama!" Christina war bereits betrunken und Amalia grinste sie an. Christina umarmte ihre Freundin und blickte sie von oben bis unten an. „Das sieht doch schon besser aus. Du siehst jetzt viel mehr wie du selbst aus."

„Finde ich auch", lachte Ama, aber eine Sekunde später spürte sie bereits, wie Jacksons Hand sich auf ihren Oberarm legte und sie von ihren Freunden wegzog.

„Was zum Teufel hast du da an?"

Ama entwand sich seinem Griff. „Das nennt man ein Kleid, Jackson."

„An den Füßen, meine ich", sagte er mürrisch und zeigte auf ihre bequemen und zugegebenermaßen gut eingelaufenen flachen Schuhe. „Zieh dir sofort ein Paar Stöckelschuhe an."

Ama blickte ihm in die Augen. „Das werde ich nicht. Ich habe schon den ganzen Tag High Heels angehabt und jetzt will ich bequeme Schuhe tragen. Es ist schon nach Mitternacht, Jackson. Ich habe schon lange genug die Rolle gespielt, die du von mir verlangst."

Jackson blickte ihr wütend ins Gesicht. „Darf ich dich daran erinnern, dass du jetzt meine Frau bist?"

Annas Lächeln war kalt. „Deine Frau. Nicht dein *Personal*, Jackson. Hast du vielleicht gehört, wie ich ‚gehorchen' in meinem Eheschwur gesagt habe? Nein, hast du nicht. Und jetzt sieh nur, ein paar von unseren Gästen schauen uns schon komisch an und fragen sich, warum ich so sauer aussehe. Soll ich ihnen sagen, woran das liegt?"

Jackson biss die Zähne zusammen. „Darüber reden wir später noch. Und zwar im Bett."

Er stolzierte von dannen und Ama sah, wie er sofort wieder den Charme spielen ließ, als er sich mit den Gästen unterhielt, die sie soeben beobachtet hatten. Ama wurde schlecht. *Nein.* Sie würden auf keinen Fall *je* etwas im Bett tun. Jemals.

Sie kehrte zu ihren Freunden zurück, entschuldigte sich aber schon bald danach. Sie wollte ein paar Minuten alleine sein und frische Luft schnappen. Sie entschlüpfte in die wunderschönen Gärten, die die Villa umgaben, und ging schnell zu dem kleinen japanischen Garten, der ihr Lieblingsort geworden war, um Jackson zu entfliehen, seit sie sich verlobt hatten.

Es waren ein paar Laternen aufgestellt, die den Ort in ein weiches Licht tauchten, und sie setzte sich auf einen der Steine, schloss die Augen und atmete tief ein. Stille. Glückseligkeit. Sie hörte nur das sanfte Plätschern des Brunnens.

Dann atmete sie eine Wolke Zigarettenrauch ein und öffnete die Augen. Enda Gallo stand auf der anderen Seite des Gartens und hatte sie im Blick. Amas Herz fing an, wie wild in ihrer Brust zu hämmern, und sie stand auf. Sie wusste nicht, was sie tun sollte. Wegzurennen schien ihr unhöflich zu sein, aber Endas Gesichtsausdruck war ... was?

Sie drehte sich um, um zu gehen, und ehe sie sich versah, stand er schon neben ihr. Er drängte sie an einen Baumstamm, beide Arme zu ihren Seiten aufgestellt, sodass sie nicht entkommen konnte, und blickte auf sie herab. Ama konnte ihren Blick nicht abwenden. Lieber Himmel, er war so *wunderschön* ... diese Augen, dieses schroffe und doch jugendliche Gesicht. Ihr fiel eine sichelförmige Narbe bei seinem rechten Auge auf und ohne nachzudenken fuhr sie sie mit ihrem Finger nach. Seine Augen blickten noch immer in die Ihren. Ama konnte kaum atmen, so stark war die Anspannung zwischen ihnen.

Enda beugte sich vor und strich mit seinen Lippen über ihre. Ama erstarrte. Was zum Teufel passierte da gerade? Wollte er sie einer Prüfung unterziehen?

Er küsste sie erneut und diesmal konnte sie nicht anders, als seinen Kuss zu erwidern. Seine Lippen waren weich, aber sein Kuss war von einer Rauheit – fast von einer Gewalt – und sie merkte auf einmal, dass sie ihre Finger in seinen Locken vergraben hatte, während sie sich küssten. Als sie spürte, wie seine Hände sich unter ihr Kleid schoben, durchzuckte sie Panik, aber dann drängte er seinen Körper an ihren und es war um sie geschehen. Sie hatte noch nie jemanden so sehr gewollt wie sie Enda Gallo in diesem Augenblick wollte. Seine Finger streichelten sie durch ihr Höschen hindurch und sie spürte, wie sie vor Verlangen immer feuchter wurde. Sie erfühlte seinen Schwanz durch den Stoff seiner Hose, nahm begeistert seine schiere Größe wahr und verspürte gleichzeitig einen Anflug von Angst. Würde sie das können? Sollte sie es tun?

Könnte sie wirklich *endlich* ihre Jungfräulichkeit verlieren, und zwar in ihrer *Hochzeitsnacht*, und zwar an ihren Schwager?

Endas Augen blickten sie nun fragend an ... und irgendwie wusste Ama, dass er ohne Frage aufhören würde, wenn sie ihn bat, aufzuhören.

Aber sie wollte nicht, dass er aufhörte. Sie wollte ihn *hier* und *jetzt* ...

Enda hob sie hoch und legte sie auf einen der steinernen Tische, die im Garten verteilt waren. Er öffnete seinen Reißverschluss, befreite seinen stählernen Schwanz aus seiner Hose und legte sich über sie.

Ama hatte das Gefühl, sie müsse wohl träumen – wachend träumen – bis Enda Gallo in sie hineinstieß und sie einen kleinen, schmerzerfüllten Schrei nicht unterdrücken konnte. Doch schnell schwand der Schmerz und dann war das Einzige, was sie spürte, ein durchdringendes, wohltuendes Gefühl, als er sie liebte, sie zärtlich küsste und bei jedem Stoß seinen Schwanz tiefer in ihr versenkte. Seine Hände drückten die Ihren auf den Tisch, seine Augen blickten tief in die Ihren, während sie sich gemeinsam bewegten, ihre Beine um seine Taille geschlungen. Ama spürte, wie sich ein Orgasmus in ihr aufbaute, und als sie kam, bäumte sie ihren Rücken von der Tischplatte auf, drückte sich an ihn und keuchte und zitterte. Enda küsste sie leidenschaftlich, hob dann seinen Kopf und stöhnte auch, als er kam und seine dicke, sahnige Saat tief in ihr Innerstes spritzte. Er gab ihr nicht einmal die Zeit, sich zu erholen; sein Mund legte sich auf ihre Klit und spielte mit ihr, bis sie vor Verlangen Tränen vergoss, und schon spürte sie seinen Schwanz wieder in sich, wie er sie immer weiter vorantrieb, immer weiter, bis sie erneut einen markerschütternden Orgasmus erlebte.

Danach zog er sie in seine Arme und küsste sie. Er hatte noch immer kein einziges Wort zu ihr gesagt. Er berührte ihr Gesicht noch einmal ... und dann war er verschwunden.

Ama, immer noch mit zitternden Beinen, setzte sich schnell auf die Bank und blinzelte vor sich hin. War das alles gerade wirklich passiert? Ihr Körper antwortete ihr – *Himmel, ja, ja ...*

Sie hatte gerade Enda Gallo gefickt ... besser gesagt, *er* hatte *sie* gefickt. Ama lachte ungläubig auf. Sie saß noch fünf weitere Minuten da und ging dann langsam wieder ins Haus. Die meisten Gäste waren mittlerweile gegangen und Christina suchte sie gerade.

„Ich muss los, Süße, sonst trinke ich hier noch sämtliche Fässer leer." Sie umarmte Amalia und blickte sie dann eingehend an. „Hey, ist alles in Ordnung? Du siehst seltsam aus."

Ama blinzelte und versuchte dann, zu lächeln. „Ich bin einfach nur müde, Schätzchen. Hör mal, versprich mir, dass wir am Montag gemeinsam zu Mittag essen."

„Versprochen."

Sie ging wieder in den Ballsaal zurück und ihr Herz hämmerte bei dem Gedanken, dass sie Enda darin entdecken könnte. Aber sie sah ihn nirgends. Jackson kam zu ihr herüber. „Unsere Gäste sind bereits gegangen – wäre schön gewesen, wenn du dich auch von ihnen verabschiedet hättest. Ich hoffe, in Zukunft verhältst du dich nicht mehr ganz so asozial."

„Von mir aus." Sie wollte sich nicht mit ihm streiten. „Gute Nacht, Jackson."

Er packte sie beim Arm. „Wo willst du hin?"

„Ins Bett."

„In *unser* Bett."

Ama seufzte. Er würde wohl nie aufhören, es zu versuchen. „Nein, Jackson. In *mein* Zimmer. Ich habe es dir schon einmal gesagt und ich habe es ernst gemeint. Ich werde *nie-mals* mit dir Sex haben. Such dir doch eine deiner zahlreichen Verehrerinnen aus – ich nehme an, dass du die meisten davon ohnehin schon durchhast. Ich bin mir sicher, dass eine von ihnen sich bereit erklären wird."

Jackson starrte sie wütend an und machte dann einen Schritt auf sie zu. „Eines Tages wirst du dich mir schon noch unterwerfen, Kleine, sonst wird es dir schlecht ergehen. Das schwöre ich dir."

Ama war nicht besonders beeindruckt. „Geh weg, *Kleiner*. Du jagst mir keine Angst ein."

Sie drehte sich um und ging aus dem Saal, rannte die riesige Treppe hinauf und hoffte, dass er ihr nicht folgen würde. Selima war in ihrem Zimmer und räumte gerade das Hochzeitskleid auf. „Dad holt gerade das Auto." Selima hatte Tränen in den Augen, als sie ihre Schwester umarmte. „Ich werde dir nie genug danken können für das, was du für mich getan hast, Ama. Niemals. Ich bete einfach nur, dass du dein Glück findest."

Ama hielt ihre Schwester im Arm und spürte, wie ihr selbst die Tränen in die Augen stiegen. „Jetzt geh schon. Dad wartet wahrscheinlich schon auf dich. Wir sehen uns bald."

Selima nickte. „Ich hab dich lieb."

„Ich dich auch."

Als sie alleine war, sperrte sie die Tür ab und klemmte einen Stuhl unter die Klinke. Sie schloss die Möglichkeit nicht aus, dass er einen Ersatzschlüssel hatte. Sie würde ihn auf keinen Fall zu sich hereinlassen. Und ganz wie sie es erwartet hatte, rüttelte jemand bereits an der Tür, als sie eine halbe Stunde später aus der Dusche kam und sich das Haar mit dem Handtuch trocknete. Sie grinste in sich hinein, als sie ihn fluchen hörte, aber schon bald hatte er aufgegeben. Amalia setzte sich auf das Bett. Sie war verheiratet ... und hatte am gleichen Tag ihre Jungfräulichkeit verloren. Und zwar nicht an den gleichen Mann. *Was hatte sie sich bloß dabei gedacht?*

Sie bereute bereits eine ihrer Entscheidungen ... und die hatte nichts mit Enda Gallo zu tun.

Olivier Gallo fuhr in die Stadt und traf fünfzehn Minuten vor seinem Halbbruder in dem Restaurant ein. Er stand auf, um Enda zu umarmen, der ihm auf den Rücken klopfte. „Hey, Bruder, schön, dich zu sehen."

„Finde ich auch." Sie setzten sich und Olivier winkte den Kellner herüber. „Könnten wir bitte die Weinkarte sehen?"

„Ist nicht nötig", sagte Enda mit seiner tiefen Stimme mit dem italienischen Akzent. „Rotwein. Der dritte von oben."

Beide Brüder lachten und der Kellner nickte. Er kannte die Gallo-Brüder – sie besuchten bereits seit ein paar Jahren dieses Restaurant und gaben immer reichlich Trinkgeld. Sie behandelten ihn mit Respekt, ganz im Gegensatz zu ihrem Arschloch von einem Bruder, Jackson.

Das Restaurant selbst war aus der mittleren Preisklasse und nicht so protzig wie die Lokale, die Jackson mochte. Es hatte eine Seite, die am Wasser lag, mit einer Terrasse, die den ganzen Bay überblickte. Sie setzten sich nach draußen, damit Enda rauchen konnte. Olivier grinste ihn an, während er sich eine Zigarette anzündete. „Wirst du irgendwann damit aufhören?"

Enda blinzelte ihn durch die Rauchwolke hindurch an. „Wahrscheinlich nicht."

Olivier grinste. „Wie du willst. Wie geht es dir? Ich habe dich bei der Hochzeit kaum zu Gesicht bekommen."

„Ich meine mich zu erinnern, dass du deine Rolle des Trauzeugen gänzlich erfüllt hast und dafür gesorgt hast, dass das Kleinkind sich benimmt."

Olivier verdrehte die Augen. „Eigentlich nur um Amalias willen. Die arme Kleine hat ausgesehen, als wäre sie total durch den Wind."

„So klein ist sie nicht."

Olivier machte große Augen. „Du magst sie nicht?"

„Das habe ich nicht gesagt. Ich meine damit nur, dass sie eine erwachsene Frau ist. Sie hat schon gewusst, worauf sie sich da einlässt."

Olivier kaute sich einen Augenblick lang auf der Unterlippe herum. „Sie hat es für ihre Schwester getan, Enda."

Enda nickte. „Ich sage ja nur ... es ist scheiße für sie."

„Ja."

Sie schwiegen eine Weile, bis der Kellner ihnen den Wein brachte und ihre Bestellung aufnahm. Enda lehnte sich zurück und trank einen Schluck des Rotweins. „Sie ist schön."

„Wer?"

Enda verdrehte die Augen. „Die neue Frau unseres Bruders."

„Natürlich. Tut mir leid. Ja, das ist sie. Und noch dazu intelligent, witzig und auf Zack."

Enda nickte. „Sie scheint auch ... wie sagt man das ... empathisch zu sein." Er sprach es ‚empathich' aus.

„Ich sage ja, sie ist ein Schatz."

„Du magst sie?" Enda grinste, als Olivier die Augen verdrehte.

„Wie eine *Schwester*, ja." Olivier kicherte. „Wenn du es genau wissen willst, treffe ich mich mit jemandem."

„Ach, wirklich? Warte, bitte sag mir, dass es nicht die Blondine aus dieser Reality-Show ist!"

Olivier lachte. „Nein. Das war ... Himmel, was habe ich mir dabei bloß gedacht? Jedenfalls, nein. Sie ist eine Journalistin aus San Diego. Helena. Es ist noch ganz frisch, aber ja, sie ist toll."

Enda sah skeptisch aus. „Eine Journalistin?"

Olivier grinste. „Nicht die Sorte. Sie konzentriert sich auf Wirtschafts- und Finanzjournalismus. Ich mag sie." In diesem Moment wurde ihr Essen serviert – gedämpfter Lachs für Olivier und englisch gebratenes Steak mit Knoblauchbutter für Enda. Olivier schüttelte lachend den Kopf. „Alter, du bist ein wandelnder Herzinfarkt."

Enda grinste und sein Lächeln erhellte einen Augenblick lang seine ernsten Gesichtszüge. „Ich halte eben viel von Hedonismus."

Sie aßen eine Weile lang schweigend, dann räusperte Olivier sich. „Und, wie findest du sie?"

„Wen?"

„Amalia."

„Sie ist schön."

„Das sagtest du bereits."

Enda zuckte mit den Schultern. „Ich kenne sie nicht, Olly. Ich habe kaum mit ihr geredet. Wenn du sagst, sie sei ein guter Mensch, dann glaube ich dir das."

Olivier spießte ein Stück Spargel mit seiner Gabel auf. „Enda ... ich mache mir Sorgen. In letzter Zeit ist Jackson noch mehr ... außer Kontrolle als sonst. Dieser Deal, den er mit Amalias Vater abgeschlossen hat ... du weißt doch, dass er es so gedreht hat, dass Amalia praktisch zu dieser Ehe gezwungen wurde."

„*Ama* heißt sie jetzt?", neckte Enda seinen älteren Halbbruder, aber dann schwand sein Lächeln. „Das hört sich ganz nach Jackson an. Er hat schon immer bekommen, was er wollte. Egal, wie."

Olivier seufzte. „Ich weiß, aber wir reden diesmal von einer Person. Wenn sie etwas tut, was ihm nicht passt ... Enda, er ist süchtig. Zum einen nach Koks. Und zum anderen ... er ist wie *besessen* von Ama. Ich mache mir Sorgen."

Enda wandte seinen Blick von dem seines Bruders ab. „Was willst du, dass ich mache?"

„Bleib noch ein paar Monate in 'Frisco. Hilf mir dabei, Jackson im Zaum zu halten. Schau ein bisschen nach dem Rechten."

Enda schloss die Augen und zwickte sich in seine Nasenbrücke. Olivier konnte sehen, dass er innerlich mit sich kämpfte. Enda hasste Jackson mehr als alles in der Welt, aber er schuldete Amalia Rai nichts. Er kannte sie nicht einmal.

„Ich denke dabei auch an Dad. Wenn Jackson eine Dummheit begeht, dann überlebt Dad das nicht. Ich weiß, dass du auch ihm nichts schuldest, aber tu es vielleicht für mich." Oliviers Stimme war gesenkt und Enda nickte.

„Ich werde bleiben. Ich kann auch von hier aus meine Geschäfte regeln. Wir haben schon darüber nachgedacht, hier ein Büro zu eröffnen ... vielleicht ist jetzt der richtige Zeitpunkt. Ich werde morgen früh mit Raffaelo sprechen."

Jackson Gallo war frustriert. Es war schon ein Monat seit seiner Hochzeit mit Ama vergangen und sie hatte kaum ein Wort mit ihm gewechselt, geschweige denn sich von ihm anfassen lassen. Sie ging mit ihm zu Veranstaltungen und verhielt sich tadellos, aber er konnte einfach ihre Mauern nicht zu Fall bringen. Ihre Schlafzimmertür blieb weiterhin verriegelt ... wenn sein Vater nicht im gleichen Haus geschlafen und das Personal nachts nicht da gewesen wäre, hätte er die Tür einfach eingetreten und sie rangenommen.

Aber er wusste, dass sie ihn verlassen würde, wenn er sich ihr aufdrängte. Deshalb hatte er angefangen, andere Frauen zu ficken, um seine schmerzhaft prallen Eier zu erleichtern, und zwar fast sofort nach der Hochzeit. Wenn Ama ihm auf der Schliche war, schien es sie zumindest nicht zu stören, und das machte ihn verrückt.

Es war besonders ärgerlich, dass Gajendra Rais Geschäft seit der Hochzeit nur so blühte, da es nun mit dem Namen Gallo in Verbindung gebracht wurde. Und Amalias Schwester, Selima, hatte sich bereits als Studentin in Los Angeles eingelebt. Es kam Jackson so vor, als hätte Amalia den größten Vorteil an ihrer Eheschließung gehabt, während er noch darauf wartete, dass es sich für ihn auszahlte.

Nun saß er in seinem Büro und beschloss, sie anzurufen. Schließlich nahm sie ab und klang dabei genervt. „Was willst du, Jackson?"

Er zickte zurück. „Nun, erst einmal hätte ich gerne, dass du ein bisschen respektvoller mit mir redest."

Amalia seufzte. „Ich bin beschäftigt, Jackson. Was willst du?" Ihr Tonfall änderte sich kaum.

„Ich würde dich gerne heute Abend zum Essen ausführen."

„Von mir aus."

„Sei um acht fertig."

„Von mir aus." Es wurde aufgelegt. Soviel zum Süßholzgeraspel. Jackson legte sein Handy ab und lächelte in sich hinein. Er hatte eigentlich ein Abendessen mit seinen Brüdern ausgemacht, aber er konnte der Versuchung nicht widerstehen, Ama mitzubringen und sie ihnen vorzuführen. *Schaut meine umwerfende Frau an. Schaut, wie schön sie ist.*

Auf einmal hatte er einen Einfall und musste selbst darüber lachen. Er durchsuchte die Kontaktliste seines Handys und lächelte dabei in sich hinein.

Ama sah Enda, sobald sie das Restaurant betraten, und wusste sofort, dass Jackson das Ganze mit Absicht organisiert hatte. „Ich wusste nicht, dass du mit deinen Brüdern zu Abend essen würdest."

Jackson lächelte. „Ein bisschen Zeit mit der Familie."

Würg. Wohl eher ein bisschen Zeit zum Protzen. Sie wurde hier vorgeführt wie eine besonders edle Stute. Aber im Moment konnte sie an nichts anderes denken als daran, wie Enda Gallos Blick sich auf sie legte. Himmel, sie hatte schon vergessen, wie unglaublich gutaussehend er war. Olivier stand auf und küsste sie auf die Wange, und dann stand sie auch schon vor Enda. Er beugte sich vor und küsste sie auf die Wange. *„Bella.“*

Diese Stimme – tief, wohlklingend, mit italienischem Akzent – triefte geradezu vor Sex. Sie fragte sich, ob er das ungenierte Verlangen in ihren Augen sehen konnte.

Den Großteil des Abends schwieg sie vor sich hin und ignorierte Jackson so gut es ging, was Enda und Olivier offensichtlich amüsierte. Olivier lenkte sie alle mit Witzen ab und Enda, so stellte sie fest, war ebenfalls kein trister Zeitgenosse. Er und Olivier standen sich offensichtlich nahe und beide verarschten Jackson hemmungslos, was sie nicht im Geringsten störte. Trotz all seinem Gehabe war er immer noch nur ein kleiner Junge. Olivier und Enda waren Männer. Sie konnte nicht umhin, sie zu vergleichen. Jackson trug sein blondes Haar nach hinten gegelt; Olivier trug einen minutiös getrimmten Bart und hatte dunkelbraune Augen, noch dazu war er makellos gekleidet. Und dann war da noch Enda – sein Aussehen hatte etwas Wildes, etwas Unbeschwertes. Er triefte vor Sexappeal. *Mein Gott, wie ich dich will*, dachte Ama bei sich und verdrängte den Gedanken dann. Er war tabu. Zumindest *fürs Erste*.

„Was hast du zu lächeln?“, wollte Jackson auf einmal wissen und Ama zuckte leicht zusammen. Jacksons Arm hatte sich besitzergreifend auf die Lehne ihres Stuhles gelegt und ihr Rücken tat ihr schon langsam weh, weil sie versuchte, so weit wie möglich von seiner Berührung wegzukommen.

„Ich finde es nur interessant, wie sehr du dich von deinen Brüdern unterscheidest“, sagte sie kühl. *So redest du gefälligst nicht mit mir. Niemals*, sagten ihre Augen und Jackson machte einen Rückzieher. „Wenn du mich entschuldigst, ich muss mir das Näschen pudern.

Auf der Damentoilette spritzte sie sich Wasser ins Gesicht und versuchte, nicht mehr an Enda zu denken. Als sie endlich den Mut fand, zum Tisch zurückzukehren, verließ sie die Toilette. Sie schrie überrascht auf, als zwei Hände sich von hinten um ihre Taille legten und sie wieder zurück in den dunklen Raum zogen. Sie drehte sich um und sah Enda, wie er auf sie herablächelte. „So sieht man sich wieder.“

Seine Stimme jagte einen Schauer durch ihren Körper und als er sie küsste, konnte sie nicht anders, als vor Lust zu stöhnen. Niemand konnte sie sehen, und als Enda mit seiner Hand unter den Rock glitt, reagierte Amalias Körper darauf und schmiegte sich an seinen. „Ich will dich so sehr“, flüsterte sie und Enda grinste, während seine Lippen sie rau küssten.

„Wenn wir dafür nicht in den Knast wandern würden, *cara mia*, würde ich dich auf der Stelle ficken. Aber leide glaube ich, dass mein Bruder dann Verdacht schöpfen würde.“

„Ich schlafe nicht mit ihm. Ich weiß nicht, warum mir wichtig ist, dass du das weißt, aber das ist es nun einmal.“

Enda streichelte ihre Wange. „Ich weiß, *Bella*. Hör zu ... ich muss dich wiedersehen. Darf ich in dein Büro kommen?“

Sie nickte und gab ihm die Adresse. „Ich weiß, dass das hier falsch ist, aber ...“

Seine Lippen brachten die Ihren zum verstummen und sie spürte seine Erektion durch seine Hose. Himmel, sie wollte ihn so sehr. Ihre Haut fühlte sich an, als stünde sie in Flammen.

Sie ging etwas vor Enda wieder zum Tisch zurück, aber sie hatte trotzdem das Gefühl, dass ihr Verlangen nach einander nicht zu übersehen war. Jackson schien es allerdings nicht zu bemerken und als Enda zurückkam, verrieten Jacksons und Oliviers Blicke nichts.

Ama war schlecht vor Aufregung. Er wollte *sie* ... was sollte sie jetzt bloß tun? Sie kannte ihn kaum, aber sie wusste ohne jeden Zweifel, dass sie dabei war, sich in Enda Gallo zu verlieben.

Während Olivier und Amalia vor ihnen aus dem Restaurant gingen, hielt Jackson Enda zurück, indem er ihn kurz an der Hand berührte. Er lächelte freudlos seinen Halbbruder an. „Ich hoffe, dass wir dich in Zukunft öfter bei uns zu Hause empfangen dürfen.“

Enda war verblüfft. „Das ist ja ganz was Neues. Wie kommt's?“

Jackson blickte hämisch auf ihn herab. „Jetzt, wo ich glücklich verheiratet bin, will ich einfach, dass wir eine Familie werden. Und wenn meine Kinder geboren werden ... nun ..." Er lächelte selbstzufrieden und Enda wollte ihm eine in die Fresse hauen.

„Von mir aus." Er drehte sich um und ging davon, um Olivier und Ama einzuholen. Er hatte keine Zeit für Jacksons Spielchen. Seit dieser Farce von einer Hochzeit konnte er an nichts anderes denken als an Ama. Als er sie gesehen hatte, wie sie auf den Altar zuschritt, offensichtlich angst und bang, hatte sein Herz angefangen, schneller zu schlagen, und als ihre Blicke sich getroffen hatten, hatte ihn ein Blitz des Verlangens durchzuckt. Später im Garten hatte er sich nicht zurückhalten können, als er sie da so traurig in diesem Hauch von Nichts von einem Kleid hatte dastehen sehen, mit ihrem Haar, das ihr wild um die Schultern fiel. Niemand derartig Schönes sollte so unglücklich sein. Er hatte nicht vorgehabt, sie zu küssen, aber als sie zu ihm aufgeblickt hatte, ihre schönen Augen so unglücklich, ihre Haut warm glänzend im Licht der Laternen, ihre Lippen so rot und voll, da war es das Natürlichste der Welt für ihn gewesen, sie zu küssen.

Sobald ihre Lippen sich berührt hatten, hatte er gewusst, dass er nun verloren war. Sich mit ihr zu lieben ... ja, er sollte ein schlechtes Gewissen deswegen haben, und das würde er auch, wenn es die Frau jedes anderen Mannes gewesen wäre. Nicht, dass ihn dieses schlechte Gewissen je zurückgehalten hatte. Aber bei Ama war es einfach anders. Er wusste, dass die Ehe erzwungen war und dass sie Jackson nicht hatte heiraten wollen. Und Himmel, er wollte sie so *sehr* ...

Er und Olivier verabschiedeten sich von Ama und Jackson, als die beiden in ihr Auto stiegen. Ama blickte ihm in die Augen und lächelte sanft. Ihre Augen sagten ihm alles, was er wissen musste. Als sie davonfuhren, seufzte Olivier. „Ich hoffe, er behandelt sie gut."

„Gott helfe ihm, wenn er das nicht tut", sagte Enda düster.

Olivier blickte ihn eingehend an. „Du glaubst doch nicht ... ich meine, die Sache mit Penelope ist schon Jahre her. Er hat wohl seine Lektion gelernt, oder nicht?"

Enda blickte seinen Bruder an. „Lieber Himmel, Olivier, das hoffe ich wirklich."

Das Paket lag am nächsten Montag auf Amas Tisch, als sie auf Arbeit eintraf. Ihre Assistentin Lena begrüßte sie mit einem Lächeln. „Himmel, Ama, ist eure Hochzeitsreise schon vorbei? Das ging aber schnell."

Ama versuchte, zu lächeln. „Wir haben sie ein wenig nach hinten verschoben, weil auf Arbeit so viel zu tun ist. Das ist wirklich nicht so schlimm." Lena musste ja nicht wissen, dass Ama sich geweigert hatte, mit Jackson in die Flitterwochen zu fahren. Sie hatte keinen Zweifel daran, dass er, wenn sie alleine gewesen wären ... Himmel, sie wagte nicht einmal, daran zu denken.

Sie ging in ihr Büro, stellte die Handtasche auf ihrem Schreibtisch ab und sah sich kurz das Päckchen an. Es war handschriftlich adressiert – nur mit ihrem Namen in wunderschöner Kursivschrift. „Wann ist das geliefert worden?"

Lena grinste. „Heute Morgen. Mädel, du hättest den Postboten sehen sollen. *Umwerfend.* Italiener, glaube ich."

Sie ging zu ihrem Schreibtisch zurück, ohne zu bemerken, welche Aufregung sie gerade in ihrer Chefin ausgelöst hatte. Ama berührte das Etikett und strich mit ihrem Finger über den Namen. Sie hob das Paket auf und öffnete es. Ein Wegwerf-Handy. Sie schaltete es ein. Es war nur eine Nummer darin abgespeichert, unter „Er". Ama lächelte. Sie würden das also wirklich durchziehen? Eine Affäre haben ...

Sie dachte daran, wie Jackson gestern schon wieder versucht hatte, in ihr Schlafzimmer zu gelangen, und biss die Zähne zusammen. *Ja.* Sie würden es tun. *Und wie.*

Sie schloss leise die Bürotür und drückte auf den Anrufknopf. Ihr Herz hämmerte gegen ihre Rippen und das Adrenalin schoss ihr durch die Adern, als sie seine Stimme hörte.

„*Cara mia ...*"

„Hallöchen ... *Er.*" Sie kicherte und hörte, wie er auch lachen musste.

„Das ist das Sicherste, was mir eingefallen ist. Wie geht es dir heute?"

„Besser, jetzt, wo ich deine Stimme gehört habe", sagte sie sanft.

„Wann kann ich dich sehen?"

„Kannst du dir fürs Mittagessen Zeit nehmen?"

„Das kann ich." Himmel, sie fühlte sich wie eine frisch verliebte Teenagerin.

Enda lachte. „Gut. Dann notiere dir diese Adresse." Er nannte eine Adresse im Russian Hill. „Nimm ein Taxi. Wir sehen uns dort."

Um zwölf Uhr mittags stieg eine sehr nervöse aber freudig erregte Ama in ein Taxi und fuhr damit nach Russian Hill. Als sie dort ankam, wartete Enda vor einem Wohnkomplex auf sie. Er nahm ihre Hand und führte sie nach drinnen. „Ich habe eine Wohnung gemietet. Ich dachte, das wäre vielleicht sicherer."

Ama fühlte sich, als würde sie träumen. Im Lift nahm Enda sie in die Arme und küsste sie. „So sieht man sich wieder", sagte er leise und sie lächelte zu ihm auf.

Die „Wohnung" war vielmehr das Penthouse des Gebäudes und Ama stand mit heruntergeklapptem Kiefer in der Tür und fühlte sich auf einmal eingeschüchtert. Enda lachte. „Du wohnst in einer Villa und diese Wohnung haut dich um?"

Ama entspannte sich und kicherte. „Tut mir leid. Es ist so schön."

Enda trat neben sie. „*Du* bist so schön. Das hier sind nur Ziegel und Mörtel. Komm mit."

Er führte sie ins Schlafzimmer, das wunderschön dekoriert war in Grau- und Blautönen. Schon legten Endas Finger sich um den Gurt ihres Wickelkleides. „Es tut mir leid, *Bella*, ich kann nicht länger warten ..."

Ama stöhnte sanft auf, als er ihr Kleid öffnete und auf die Knie sank, sein Mund auf ihrem Bauch, und mit seiner Zunge ihren Nabel umkreiste. Sie vergrub ihre Finger in seinem Haar, als er das Körbchen ihres Spitzen-BHs nach unten zog, ihren Nippel in den Mund nahm und die kleine Knospe neckte, bis sie hart und gefühlig wurde. Sie schloss die Augen, als er das gleiche mit ihrem anderen Nippel anstellte, und dann schob er auch schon ihr Höschen nach unten, um sein Gesicht in ihrem Geschlecht zu vergraben.

Lieber Himmel ... Das Gefühl seiner Zunge, die über ihr Geschlecht glitt, ihre Klitoris umspielte und dann tief in ihre rote, geschwollene Spalte eindrang war berauschend. Sie hatte das Gefühl, all ihre Gliedmaßen würden zu Gummi.

Enda drückte sie sanft auf das Bett und spreizte ihre Beine weit, ganz wild darauf, sie noch mehr zu schmecken. Er fing an, zwei Finger hinein- und hinausgleiten zu lassen. Ama keuchte auf, ihr ganzer Körper stand in Flammen, und sie kam bebend und stöhnend.

„Ich will dich schmecken", flüsterte sie und Enda grinste. Er zog sich blitzschnell aus, während Ama ihre letzten Hüllen fallen ließ und sich aufsetzte, um ihn dann in den Mund zu nehmen. Sie hatte keine Ahnung, ob sie es gut machte, aber sie folgte einfach ihren Instinkten, leckte den Schaft auf und ab und neckte die Eichel mit ihrer Zunge. Sie hörte, wie Enda genüsslich stöhnte, als sie anfing, seinen Schwanz aus ihrem Mund und wieder hineingleiten zu lassen, sanft daran zu lutschen und mit ihrer Hand seine Eier zu massieren. Die Fingernägel der anderen Hand vergrub sie in seiner Arschbacke und hörte ihn ein *„Ja!"* zischen. Dass es ihm offensichtlich gefiel, machte sie überglücklich, und als er sich von ihr löste und sie wieder auf das Bett warf, war sein Schwanz prall und steinhart.

Enda presste schroff seine Lippen auf die Ihren, als er ihre Beine um seine Taille schlang. „Bist du bereit für mich, Baby?"

Ama stöhnte frustriet auf und er lachte, bevor er seinen Schwanz in sie rammte und seine Hüften gegen die ihren donnern ließ. Ama schrie erleichtert auf und krallte sich an ihn, während er sie fickte, und ihre Fingernägel bohrten sich in die starken Muskeln auf seinem Rücken. „Oh Gott, Enda ... *ja* ... härter ... *härter* ..."

Er gehorchte lachend und küsste sie mit Leidenschaft. Sie war völlig verloren in den Armen dieses Mannes, seinem Körper und seinem Verlangen nach ihr völlig ausgeliefert ... Himmel, sein Schwanz war unglaublich und sie konnte kaum fassen, dass sie ihn so tief in sich lassen konnte. Sie klammerte sich an ihn, wollte jede

Sekunde seiner Haut an der Ihren genießen, während sein Mund sie hungrig verschlang und er so verführerisch gut duftete.

Sie kam erneut mit einer Wucht und Enda erreichte auch seinen Höhepunkt, wobei er seinen Saft tief in sie hineinspritzte. Sie wollte erst nicht, dass er sich von ihr löste, und so blieb er noch ein paar Minuten in ihr begraben und küsste sie zärtlich. „*Bella* Ama", flüsterte er mit seiner tiefen, sinnlichen Stimme und Ama lächelte glücklich.

Schließlich legte er sich neben sie, stütze sich auf seinem Ellenbogen auf und blickte auf sie herab. Seine Hand strich über ihren Körper und seine langen, warmen Finger legten sich auf ihren Bauch. „Ama? Darf ich dich was fragen?"

Ama lächelte zu ihm auf. „Was du willst."

„Vor deiner Hochzeit ... hattest du dich da schon einmal mit jemandem geliebt?"

Sie kicherte leicht peinlich berührt. „War das so offensichtlich? Nein, das hatte ich noch nicht, Enda. Ich war noch Jungfrau."

„Das überrascht mich ... und um deine Frage zu beantworten – nein, es war nicht offensichtlich. Überhaupt nicht. Ich hatte einfach so ein Gefühl. Du bist eine unglaubliche Liebhaberin, meine Liebe."

Meine Liebe. Diese Worte begeisterten sie. Sie streichelte ihm übers Gesicht. „Was die Hochzeit angeht ... Enda, du hast diesen Tag für mich gerettet. Ich war so unglücklich, aber als ich dich da in der Kirche gesehen habe ... meine Güte, so ein Gefühl habe ich noch nie verspürt."

Enda lächelte. „Ich auch nicht, obwohl mein Ruf das wohl nicht gerade vermuten lässt."

Ama grinste. „Gott sei Dank habe ich sehr wenig über dich gewusst. Ich weiß immer noch sehr wenig über dich. Ich freue mich schon darauf, dich näher kennenzulernen." Sie seufzte. „Wenn ich dich schon früher kennengelernt hätte ... nun, es ist nicht so, dass ich die Wahl gehabt hätte, was meine Hochzeit mit Jackson angeht."

Enda rieb seine Nase sanft an der Ihren. „Ich weiß. Olivier hat mir den Grund verraten. Ich finde das sehr altruistisch von dir."

„Manchmal kann ich gar nicht glauben, dass wir in modernen Zeiten leben", murmelte sie in sich hinein.

Enda betrachtete sie eingehend. „Ama ... warum warst du noch Jungfrau?" Darf ich dich das fragen, oder ist das zu persönlich?"

Sie lächelte ihn an. „Wie gesagt, du darfst mich alles fragen, was du willst. Der Grund ist ... ich weiß, dass man heutzutage findet, man solle sich vergnügen und mit jedem schlafen, auf den man Lust hat, und das finde ich auch völlig in Ordnung. Es war nur einfach nicht das Richtige für mich. Bis jetzt war ich immer voll eingespannt durch meine Arbeit."

„Ich würde dich unglaublich gerne mal spielen hören."

Sie küsste ihn. „Das sollst du auch. Am Ende des Monats geben wir ein Konzert im Konservatorium."

„Ich werde auf jeden Fall dort sein." Er legte sich wieder auf sie. „Wann musst du wieder in der Arbeit sein?"

Ama grinste und schlang ihre Beine um seine Taille. „Erst in ein oder zwei Stunden."

„Hmm", grinste er und versenkte seinen Schwanz in ihr. „Was sollen wir diese zwei Stunden lang bloß tun?"

Ama stöhnte, als er immer härter in sie hineinstieß, bis sie seinen Namen schrie.

Lena beäugte sie misstrauisch. „Warum strahlst du so?"

Ama wusste, dass die multiplen Orgasmen, die Enda ihr beschert hatte, der Grund dafür waren, zuckte aber nur mit den Schultern. „Ich habe einfach einen guten Tag heute."

Sie ging in ihr Büro, holte das Wegwerf-Handy aus ihrer Handtasche und ließ es in ihrem Schreibtisch verschwinden. Auf der kleinen Toilette, die zu ihrem Büro gehörte, blickt sie sich im Spiegel an und stellte fest, dass ihre Augen leuchteten. Ihre Haut strahlte tatsächlich. *Du siehst aus wie eine Frau, die richtig ordentlich durchgefickt worden ist.*

Enda Gallo. Mein Lover. Sie sagte es sich wieder und wieder, während sie arbeitete, und als sie am Nachmittag ihre Unterrichtsstunde gab, steckte ihre gute Laune die Schüler an und sie vergnügte sich königlich mit ihnen.

Auf dem Nachhauseweg kippte ihre Stimmung jedoch merklich. Sie konnte es kaum aushalten, mit Jackson im gleichen Raum zu sein, und war ausgesprochen erleichtert, als sie Oliviers Auto in der Einfahrt entdeckte.

Sie lächelte, als sie das Haus betrat, in Gedanken immer noch bei den Ereignissen des Nachmittags, und war somit abgelenkt. Sie bemerkte nicht, dass Jackson sich ihr näherte, bis er seine Lippen auf die Ihren drückte. Entsetzt schob sie ihn von sich weg. „Nimm deine Finger von mir."

Jackson schämte sich kein bisschen und packte stattdessen ihren Oberarm.

„Komm. Wir haben Besuch."

Olivier stand auf und umarmte sie. Sie begrüßte ihn absichtlich überschwänglich, um Jackson damit auf die Nerven zu gehen, und erntete einen wütenden Blick von ihrem Ehemann.

„Das ist aber eine schöne Überraschung ... du bleibst doch zum Abendessen, oder? Wo ist Mac?"

„Oben, er fühlt sich nicht gut." Jacksons Tonfall war abfällig.

Olivier lächelte sie an. „Ich bleibe liebend gern. Wie geht es dir?"

„Seit wir uns vor vier Tagen zum letzten Mal gesehen haben?" Sie grinste ihn an. Sie hatte das Gefühl, dass er nur ihretwegen hier war. Olivier hatte etwas von einem beschützerischen großen Bruder.

Beim Essen, einem köstlichen Entengericht, das Macs Koch zubereitet hatte, unterhielten Ama und Olivier sich mühelos und ignorierten zum größten Teil die düstere Präsenz Jacksons. Schließlich hatte er es satt, nicht der Mittelpunkt des Geschehens zu sein.

„Ich habe gehört, dein Vater hat schon wieder Probleme mit seinem Geschäft", sagte er plötzlich. Ama blickte ihn ausdruckslos an.

„Nicht, dass ich wüsste, aber ich habe schon eine Weile lang nicht mehr mit meinem Vater geredet."

Jackson grinste hämisch. „Die Geldspritze, die ich ihm verpasst habe, war schnell ausgegeben. Es scheint, als wäre deine Mitgift nicht genug gewesen. Das sind nun mal die Folgen davon, wenn man einen knauserigen Vater hat."

„Jackson", mahnte Olivier. „Das genügt."

Ama starrte Jackson mit unverhohlenem Ekel an. „Und dennoch war die *Mitgift* nicht hoch genug, um dir zu verschaffen, was du wolltest, nicht wahr?"

Jacksons Lächeln verschwand und Ama wurde klar, dass er vor seinen Brüdern wahrscheinlich mit seiner Errungenschaft geprahlt hatte. Einen Augenblick lang bereute sie es, überhaupt etwas gesagt zu haben. Olivier sah aus, als wäre ihm das Ganze unangenehm.

Ama trank einen Schluck Wein und versuchte, die Atmosphäre zu entspannen. „Wisst ihr, wir geben am Ende des Monats ein Konzert im Konservatorium. Würdest du gerne kommen, Olly? Und ein Date mitbringen?"

Olivier nickte. „Das würde ich sehr gerne ... spielst du auch etwas?"

Sie nickte. „Obwohl ich ziemlich eingerostet bin. Ich muss mehr üben, als ich es in letzter Zeit getan habe. Es ist schwer, Zeit dafür zu finden, wenn es auf Arbeit so zugeht."

„Wir sollten dir hier ein Klavier hinstellen", sagte Jackson auf einmal. „Dann könntest du hier üben und ich würde dich vielleicht öfter zu Gesicht bekommen."

Ama wusste nicht, was sie darauf sagen sollte. Wollte er damit nur nett sein oder wollte er sie in eine Falle locken?

„Das könnte eine Lösung sein", sagte sie vorsichtig. Jackson nickte.

„Dann ist es geritzt."

Ama wechselte einen Blick mit Olivier. Es gefiel ihr gar nicht, dass jedes Gespräch mit ihrem Ehemann voller versteckter Bedeutungen war und sie deshalb ständig unter Strom stand. Sie schloss ihre Augen und rieb sich über den Nasenrücken.

„Geht es dir gut?" Natürlich fragte sie das Olivier und sie lächelte ihn an.

„Ich bin einfach nur müde." *Und zwar davon, es mit deinem leckeren*

Halbbruder zu treiben, wollte sie Jackson anbrüllen, aber dann bekam sie ein schlechtes Gewissen. Vielleicht half ihre eigene Einstellung der Ehe auch nicht gerade. Sie würde auf keinen Fall weich werden ... aber sie konnte sich doch ein wenig mehr Mühe geben, nett zu sein. Hatte sie solche Angst davor, ihm falsche Hoffnungen zu machen?

Ja.

Beim Gedanken daran, mit Jackson ins Bett zu gehen, wurde ihr schlecht. Er hatte sie gekauft, um Himmels willen. Das war doch keine Liebe. Das war Besitz. Ama wurde übel und sie schob ihren Stuhl nach hinten.

„Entschuldigt mich, Olivier ... Jackson. Ich bin wirklich müde. Ich glaube, ich sollte mich besser hinlegen. Entschuldigt ihr mich?"

„Natürlich." Olivier stand mit ihr auf und küsste sie auf die Wange. „Ruh dich aus, Schätzchen."

Sie lächelte ihn dankbar an und dachte, *Wenn ich mich nicht bereits in Enda verlieben würde, wäre es so leicht, mich in dich zu verlieben, du toller, toller Mann.* Sie blickte flüchtig zu Jackson.

„Gute Nacht, Schatz", sagte er ruhig. Sie nickte.

„Gute Nacht, Jackson."

Am nächsten Abend, als sie von Arbeit nach Hause kam, erwartete sie ein Bösendorfer Imperial Concert Grand Piano im Wohnzimmer auf sie. Ama konnte es kaum glauben. Sie setzte sich auf den Hocker und strich mit ihren Fingern sanft über die Tasten.

„Ich hoffe, es gefällt dir."

Sie drehte sich zu Jackson um, der im Türrahmen stand und sie beobachtete. Sie räusperte sich. „Das ist zu viel."

„Nein."

Er ging zu ihr hinüber und zog einen Stuhl heran. „Ama ... wir haben falsch angefangen. Ich weiß, dass du mich nicht liebst, und ich will nicht sagen, dass ich in dich verliebt bin. Aber ich will die Chance, es zu werden. Wenigstens eine Chance, um zu sehen, ob das hier funktionieren kann. Ich weiß auch, dass du die Scheidung einreichen wirst, sobald der Vertrag ausläuft. Aber vielleicht können wir die kommenden zwei Jahre einfach genießen."

Ama dachte über seine Worte nach. „Jackson ... ich will nicht in einem Haus des Elends wohnen, in dem ich mich fürchte, einzuschlafen, wenn meine Tür nicht abgesperrt ist. Eine Sache muss ganz klar sein. Ich werde niemals mit dir schlafen. *Niemals.* Aber wenn wir das abhaken können und du es tolerieren kannst ... könnten wir versuchen, Freunde zu sein. Gefährten. Wenn du Sex brauchst, sieh dich gerne um. Es gibt schließlich jede Menge offene Ehen."

Vorsicht, ermahnte sie sich, er darf auf keinen Fall Verdacht schöpfen. Nur weil du immer noch völlig neben der Spur stehst, seit du Enda Gallos Schwanz heute Nachmittag so tief in dir drin hattest ... Vorsicht.

Jackson bemühte sich um einen ruhigen Gesichtsausdruck. „Von mir aus." Er stand auf und ging weg, und sie seufzte. Das Haus war heute Nacht zu still. Sie ging in ihr Zimmer und sperrte die Tür hinter sich ab. Hatte sie richtig gehandelt? Oder hatte sie seinen Verdacht geweckt, was es nun viel schwieriger machen würde, sich in die Wohnung davonzuschleichen?

Ama griff in ihre Handtasche und zog das Wegwerf-Handy heraus. Sie hatte es eigentlich auf ihrem Schreibtisch in der Arbeit lassen wollen, als sie nach Hause gegangen war, aber ihre Intuition hatte ihr geraten, es mit nach Hause zu nehmen. Sie wollte wissen, dass sie mit Enda reden konnte, wann auch immer sie wollte. Dass sie seine Stimme hören konnte. Auch heute Nachmittag hatte sie wieder eine glückliche Stunde in seinen Armen verbracht, aber sie hatten nicht besonders viel Zeit gehabt, um sich zu unterhalten oder einander kennenzulernen in den kurzen Zeitfenstern, die sie sich hier und da davonstahlen. Nicht, dass sie sich darüber beschweren würde ... ihr Lover hatte ihren Körper genüsslich verwöhnt und sie erzitterte immer noch beim Gedanken an die Lust, die er in ihr hervorgerufen hatte.

Die Erinnerung zauberte ein Lächeln auf ihr Gesicht und sie ging ins Bad, um sich ein Bad einzulassen.

Enda Gallo ging zurück in sein Hotel. Er wusste, dass er auch in der Wohnung schlafen könnte, die er gemietet hatte, aber mit jedem Mal, das er dorthin ging, erhöhte er die Chancen, dass man ihn erkennen und auffliegen lassen würde.

Außerdem kam ihm der Ort einsam vor, wenn Ama nicht in seinen Armen lag und er sie immer nur vor seinem geistigen Auge sah. Wenigstens konnte er sich im Hotel ablenken und etwas Arbeit erledigen. In Italien hatte es Jahre gedauert, seine eigene Firma aufzubauen, aber nun war er kurz davor, eine Partnerschaft mit seinem Freund Raffaelo Winter einzugehen und mit ihm eine Kette von Boutique-Hotels auf der ganzen Welt zu eröffnen.

Nun rief er Raffaelo in seinem Zuhause in Neapel an. In Italien war es acht Uhr morgens und Raffaelo nahm sofort ab.

„Ciao, Raff."

„Hey, *ciao*, my friend." Raffaelo klang entspannt und Enda vermutete, dass er wohl zu Hause bei seiner wunderschönen Frau Inca sein musste, mit der er bereits zehn Jahre verheiratet war. Enda hatte Inca kennengelernt, kurz nachdem sie und Raff sich verlobt hatten, und war am Boden zerstört gewesen, als sie von einem eifersüchtigen Stalker niedergestochen worden war. Enda hatte versucht, so gut es ging für Raff da zu sein, während sie wieder gesund wurde, und die Zeit, die sie so miteinander verbracht hatten, hatte ihre Freundschaft nur gestärkt. Die Leute kommentierten, wie ähnlich sie einander sahen, aber Enda hatte lachend abgewinkt bei den Andeutungen, dass sie miteinander verwandt sein könnten. Seine Mutter, seine geliebte Mutter, war vor Kurzem gestorben und nur dank Raff und Inca – und Raffs Zwillingsbruder Tommaso – hatte er sich in Italien nicht schrecklich allein gefühlt.

Er plauderte entspannt mit seinem Freund, bevor Raffaelo ihm große Neuigkeiten berichtete. „Wir kommen bald in die Staaten. Inca will ihren Kumpel Olly in Seattle besuchen, also dachten wir, wir könnten danach noch nach SF kommen. Hört sich das gut an?"

Enda war außer sich vor Freude. „Ja klar, Alter. Wie schnell könnt ihr hier sein?"

Raff lachte. „Ist es echt so schlecht? Nun, wir fliegen diesen Freitag nach Seattle, bleiben eine Woche dort und fahren dann zu dir runter.

Also in zehn Tagen? Wir haben unbegrenzt Zeit, also können wir so lange bei dir bleiben, wie du uns bei dir haben möchtest. Bo tritt bei der Pride auf und hat dann noch ein paar Nächte im Fillmore, also werden Tommaso und ihre zehntausend Sprösslinge auch dort sein."

Enda grinste. Tommaso hatte sich bei Raffaelo und Incas Hochzeit in die Starsängerin Bo Kennedy verliebt – oder kurz danach – und mittlerweile hatten sie sieben Kinder: fünf eigene, Matteo, den Sohn von Tommaso, und Tiger, Bos Sohn im Teenageralter, die beide aus ehemaligen Beziehungen stammten. Sie teilten ihre Zeit zwischen Italien und Großbritannien auf, also waren sie nur selten in den Vereinigten Staaten anzutreffen.

Auf einmal wollte Enda Raffaelo von Ama erzählen – wie wichtig sie ihm war und dass er ständig an sie dachte. Er wollte sie so gerne seinen Freunden vorstellen. Vielleicht würde er eine Möglichkeit finden ...

„Hey, hör mal, bevor du auflegst, ich wollte dir etwas vorschlagen. Ich weiß, dass wir gesagt haben, dass wir uns bei dem nächsten Projekt auf Hotels konzentrieren, aber was hältst du davon, wenn wir stattdessen Musikschulen für unterprivilegierte Kinder bauen? Jacksons neue Frau", die Worte blieben ihm fast im Halse stecken, „Amalia ist eine Konzertpianistin und Lehrerin und sie hat mich auf den Gedanken gebracht, dass wir vielleicht unsere Energie in etwas Ähnliches investieren können." Er wusste, dass er jetzt langsam unsinniges Zeug redete. „Wie dem auch sei, du kannst ja mal darüber nachdenken."

„Natürlich. Das gefällt mir sogar. Reden wir darüber, wenn ich wieder in der Stadt bin. Vielleicht sollte ich Amalia kennenlernen."

Enda reckte siegreich eine Faust in die Luft und grinste in sich hinein. „Auf jeden Fall."

Als er das Gespräch beendet hatte, duschte Enda und ging dann ins Bett. Er würde alles geben, um Ama seinen Freunden als seine Freundin vorstellen zu können. *Zwei Jahre,* sagte er sich. *In zwei Jahren ist sie frei und dann werde ich dieses Mädchen heiraten.*

Der Gedanke ließ ihn innehalten. *Heiraten? Wow.* Heiraten hatte noch nie besonders hoch auf seiner Wunschliste gestanden, aber bei ihr ... bei Ama ... *ach, verdammt.*

Sein Handy klingelte und mit großer Freude erkannte er die Nummer von Amas Wegwerf-Handy.

Vermisse dich. Denke nur an dich.

Enda lächelte und schrieb ihr zurück.

Ich wünschte, du wärst jetzt hier bei mir, Bella.

Ich auch, mein Schöner. Gute Nacht.

Enda schnitt das Thema der Musikschule beim Abendessen mit seiner Familie an und achtete gut darauf, nicht auszuplaudern, dass er und Ama es bereits zuvor besprochen hatten, während sie den Nachmittag in seiner Wohnung damit verbracht hatten, einander um den Verstand zu vögeln und über alles Mögliche zu reden. Sie lernten in diesen kostbaren Stunden so viel über einander kennen. Enda entdeckte, dass Ama, obwohl sie sehr schön war, nicht gerne nach ihrem Äußeren beurteilt wurde, und lieber Komplimente für ihre Intelligenz oder ihren Humor empfing. Unter ihrem wunderschönen Äußeren lauerte ein echter Bücherwurm, ein Kunstliebhaber und jemand, der von sich selbst sagte, ohne Musik könne er nicht leben. Und zwar nicht nur ohne klassische Musik, sie liebte auch Rock, kitschige Popsongs – und Johnny Cash.

Enda ertappte sich selbst dabei, wie er sich ihr gegenüber öffnete, wie sehr er eine Familie vermisst hatte, bis Olivier ihn damals aufgesucht hatte. „Ich wusste nicht einmal, dass sie existierten", gab er zu und grinste sie dann an. „Und letztendlich habe ich den besten und schlimmsten Bruder bekommen, den ich mir vorstellen kann. Ich liebe Olivier. Er hat mir die Möglichkeit gegeben, meinen Vater kennenzulernen, und er ist immer eine große Stütze für mich. Ich glaube sogar, wenn er von uns wüsste, dann würde er uns seinen Segen geben."

Ama lächelte ihn an. „Das habe ich mir sogar auch gedacht. Trotzdem glaube ich nicht, dass es eine gute Idee ist, ihn einzuweihen. Ich möchte ihn nicht in eine unangenehme Lage bringen."

„Ja, da stimme ich zu."

Deshalb blickte Enda Ama nicht in die Augen, als sie alle um Macaulay Gallos ausladenden Esstisch versammelt waren und er der Familie von seiner und Raffs Ideen erzählte.

Jackson schnaubte verächtlich. „Wirklich? Und was soll da bitte Gewinn abwerfen?"

Enda blickte ihn kühl an. „Ich habe mir schon gedacht, dass du noch nicht erkannt hast, dass Geld nicht alles im Leben ist. Wie viele Milliarden hast du noch nötig, Jackson? Ist es nicht an der Zeit, dass du etwas zurückgibst?"

„Habe ich nicht gerade einen Deal ausgehandelt, der Amalias Schwester aus einer gewalttätigen Ehe gerettet hat?" Jackson grinste seine Frau an, die seinen Blick hasserfüllt erwiderte.

„Ich glaube nicht, dass Enda das damit gemeint hat", sagte sie leise. Sie wandte sich an ihren Liebhaber und versuchte, nicht sehen zu lassen, wie viel sie für ihn empfand. „Ich halte das für eine wunderbare Idee. Schulen im ganzen Land haben kaum mehr Budget für die Künste. Sie zwingen die Kinder, sich auf Wissenschaft und Mathematik zu konzentrieren und vernachlässigen die Kinder, die geboren wurden, um Künstler, Schauspieler oder Musiker zu sein. Das ist einfach falsch."

Enda lächelte sie an. „Vielleicht solltest du mitkommen, Raffaelo kennenlernen und unsere Unternehmensberaterin werden."

„Das würde ich sehr gerne." Ama unterdrückte ein Lächeln, da sie seinen Plan durchschaute, aber Jackson räusperte sich.

„Ich weiß nicht, wozu das gut sein sollte."

Ama schenkte ihm einen unterkühlten Blick. „Ich habe nicht um deine Zustimmung gebeten."

Enda sah die Wut in Jacksons Blick. Sein Vater sah es anscheinend auch, denn schnell wechselte er das Thema. „Jackson, ich wollte dich fragen. Ich habe heute einen Anruf von dem Innenarchitekten bekommen, von dem du mir erzählt hast. Sie hatte den Eindruck, dass du Arbeit in Auftrag gegeben hast."

Jackson nickte. „Das habe ich. Für alle Schlafzimmer, abgesehen von deinem, Dad, weil ich weiß, dass du es gerade erst renovieren hast lassen."

„Wie bitte?" Amalia sah verwirrt aus. „*Alle* Schlafzimmer?"

Jackson nickte und lächelte selbstgefällig. „Ja, Liebling, alle. Ich hatte gedacht, wir könnten ein Penthouse in einem Hotel mieten, während die Arbeiten im Gange sind."

Ama wurde rot vor Wut und Enda blickte seinen Bruder streng an. Er versuchte, sie zu zwingen, mit ihm das Bett zu teilen. *Arschloch.* Ama nahm ihr Weinglas und nippte nonchalant daran. „Mir reicht ein Einzelzimmer. Sonst kann ich auch bei einer Freundin unterkommen."

Und damit war es raus. Vor allen Leuten. Mit diesen einfachen Worten hatte Ama die Farce ihrer Ehe sowohl Olivier als auch Macaulay offenbart. Nicht einmal, wenn sie lauthals gebrüllt hätte, „Ich schlafe nicht mit Jackson", wäre es noch offensichtlicher gewesen. Enda sah zu, wie Jacksons Gesicht erst rot und dann lila wurde und machte sich auf einmal große Sorgen um Ama. Er wusste noch von früher, wie Jacksons Wutausbrüche enden konnten.

Penelope ... Vor drei Jahren war sie die Zielscheibe für Jacksons Launen gewesen und was damals geschehen war, hatte alle nachhaltig traumatisiert...

1

VOR DREI JAHREN ...

Enda trank einen Schluck Whiskey und kehrte zu der Party zurück. Er hasste diese Veranstaltungen, aber sein Vater, Macaulay Gallo, für der er sich den Spitznamen „Dad" noch angewöhnen musste, hatte darauf bestanden.

„Wenn du zu dieser Familie gehören willst, Enda, dann musst du verstehen, wie wir funktionieren." Es war ein gut gemeinter Rat gewesen, aber er bestätigte Endas unterschwelliges Misstrauen. Er hatte sich noch nicht endgültig entschieden, ob er zu dieser Familie gehören wollte. Vor vier Jahren hatte Olivier ihn ausfindig gemacht und seitdem waren er und sein großer Bruder Freunde geworden, aber sein Vater schien immer noch distanziert. Was den jüngsten Sohn der Gallos, Jackson, anging ... Enda hatte ihn auf den ersten Blick gehasst.

Er blickte nun zu ihm hinüber und sah, wie er am anderen Ende des Raumes mit seiner Freundin Penelope stand. Offensichtlich stritten sie sich wegen irgendetwas und Jackson wies seine Freundin zurecht, da sie seiner Meinung nach irgendetwas falsch gemacht hatte.

Penelope war eine liebe junge Frau. Sie hatte karamellfarbenes Haar und dunkelblaue Augen und war die Vorsitzende eines örtlichen Wohltätigkeitsvereines. Ihre Familie verfügte über ein ansehnliches Vermögen, aber Penelope arbeitete ohne Unterlass, um anderen zu helfen. Was sie dann mit Jackson machte, verstand Enda einfach nicht.

ZWEI TAGE später sah Enda sie dabei, wie sie sich in der Stadt mit einem anderen Mann traf. Ihm stand die Euphorie ins Gesicht geschrieben, ebenso wie ihr, und es war offensichtlich, dass die beiden verliebt waren. Enda freute sich für sie. Penny strahlte, während sie sich mit dem Mann unterhielt *Gut*, dachte Enda sich. *Jackson soll zur Hölle fahren. Gönn es dir, Penny.* Er hatte sich unbemerkt davonstehlen wollen, aber auf einmal erblickte sie ihn und wurde leichenblass. Enda fluchte und ging dann zu ihnen hinüber.

„Hey, Penny. Hallo, ich bin Enda Gallo." Er lächelte ihren Begleiter an und schüttelte ihm die Hand.

„Danny McNamara. Möchtest du dich zu uns setzen?" Der junge Mann sah unruhig aus. Enda zögerte und blickte zu Penny. Er wollte nicht unhöflich sein. Penny nickte angespannt.

„Nur ganz kurz, dann muss ich auch schon wieder los." Sie setzten sich und Penny erklärte, wer Enda war. Der junge Mann, Danny, nickte.

Enda konnte die Spannung nicht länger aushalten. „Hört mal, ich will nur sagen: Ich freue mich für euch. Ihr seht beide so glücklich aus. Ach was, ich bin *überglücklich* für dich, Penny. Ich gebe dir mein Wort: Von mir wird Jackson das nicht erfahren. Scheiß auf ihn."

Danny sah erleichtert aus und Penny sah aus, als würde sie gleich in Tränen ausbrechen. Sie legte ihre Hand auf seinen Arm.

„Danke, Enda." Sie seufzte und wischte sich die Tränen aus dem Gesicht. „Ich habe versucht, die Sache mit Jackson zu beenden ... er akzeptiert es nicht. Er weigert sich einfach, mit mir zu reden. Ich kann nicht mehr, Enda. Er ... misshandelt mich. Er betrügt mich am laufenden Band. Und er ..." Sie verstummte und schüttelte den Kopf. Enda und Danny wechselten einen besorgten Blick. Penny musste nicht mehr sagen. Es war offensichtlich, dass Jackson sie schlug.

„Du musst dir darum keine Sorgen mehr machen, Pen", sagte Danny.

Enda nickte. „Kannst du irgendwo unterkommen, während der Groschen bei ihm fällt?"

Penny nickte und blickte zu Danny. „Wir haben gerade eine Wohnung in Palo Alto gekauft. Er wird keine Ahnung haben, dass wir dort sind."

EINE WOCHE später rief Penny Enda hysterisch an. „Es ist Danny. Er ist in einen Autounfall mit Fahrerflucht verwickelt worden. Oh Gott, oh Gott, sie haben ihn ins Krankenhaus gebracht, aber es sieht schlecht aus, Enda, so schlecht. Ich weiß, dass es Jackson war … kannst du bitte kommen?"

Er eilte ins Krankenhaus, aber es war zu spät. Danny wurde bei seiner Einlieferung für tot erklärt und Enda musste Penny trösten, die völlig außer sich war, während er selbst seinen Schock verarbeiten musste. War Jackson wirklich zu einem Mord fähig? Er wollte es kaum glauben, aber irgendwie vermutete er, dass das bei seinem Halbbruder tatsächlich der Fall war. Einen Monat später bewahrheiteten sich dann seine schlimmsten Befürchtungen.

Penny, die immer noch trauerte, verließ ihr Büro kurz nach acht Uhr abends und ging in das Parkhaus hinunter. Sie stieg in ihren Mercedes und wurde abgelenkt, als ihr Handy klingelte. Sie lächelte, als sie sah, wer sie da anrief.

„Hey, Enda, wie geht es dir?"

„Mir geht es gut, Liebes. Ich habe nur gerade an dich gedacht. Wie läuft es bei dir so?"

„Ich …"

Penny bekam nie die Gelegenheit, es ihm zu erzählen. Vom Rücksitz aus griff sie ein maskierter Mann an und schlang einen Arm fest um ihren Hals. Als sie seinen Arm packte, um sich von ihm zu befreien, rammte er ihr wiederholt ein Messer in den Bauch. Penny schrie, bis sie nicht mehr atmen konnte, als der Blutverlust und der Schock zu viel für sie wurden. Ihr Killer war brutal und gnadenlos und stach wieder und wieder auf sie ein, bis sie auf ihrem Stuhl zusammensackte. In den letzten Sekunden ihres Lebens hörte sie nur Enda, wie er durch das Telefon ihren Namen schrie, und das Flüstern ihres Killers.

„Jackson Gallo lässt ausrichten – *niemand* verlässt ihn so einfach."

Mit einem letzten Stich versenkte er das Messer in Pennys Herz und beendete damit ihr Leben.

ENDA WÜRDE diese Nacht nie vergessen. Er hatte zuhören müssen, wie eine wehrlose Frau brutal ermordet wurde ... und das Schlimmste war, dass Jackson mitten während der Tat zu Enda ins Zimmer kam und ihn triumphierend anblickte, sodass Enda genau wusste, dass sein Halbbruder ein Mörder war. Enda stürzte sich auf seinen Bruder und drosch auf ihn ein mit seiner Faust und die beiden rangen auf dem Boden miteinander, bis Olivier Enda von Jackson herunterzog. Enda rannte aus dem Zimmer, rief die Polizei, setzte sich in sein Auto und fuhr zu Penny ins Büro. Er traf zeitgleich mit der Polizei dort ein. Er würde niemals den Anblick von Penny vergessen, wie sie da im Fahrersitz lag, über und über blutverschmiert. Sie war niedergemetzelt worden. Das war offensichtlich. Enda scheute sich nicht, der Polizei alles zu erzählen, was er gehört hatte, und dass er Jackson für den Mörder hielt.

Jackson wurde zu Pennys Mord verhört, aber er wurde nie festgenommen oder angeklagt. Es gab einfach keinerlei Beweise gegen ihn. Penny wurde begraben, auf ihren Wunsch hin neben Danny, aber bei ihrem Begräbnis gab Jackson den trauernden Exfreund zur Perfektion. Enda ekelte sich nur noch vor dem Unrecht, mit dem Jackson dank seiner gesellschaftlichen Stellung und seiner Milliarden davonkam, und verließ daraufhin das Land. Seitdem hatte er Abstand gehalten zu seiner Familie – selbst zu Olivier, den er eigentlich sehr mochte. Olivier war schließlich nach Italien geflogen, um ihn zu überzeugen, ihn und Mac nicht im Stich zu lassen nur wegen Jackson. Es hatte einigen Verhandlungsgeschickes bedurft, aber schließlich hatte Enda eingewilligt. Als Olivier ihm ein paar Jahre später erzählt hatte, dass Jackson Amalia heiraten würde, lief Enda unweigerlich ein kalter Schauer den Rücken herunter.

Als er über die Umstände der Eheschließung aufgeklärt wurde, über den Deal und wieso Amalia Rai gezwungen war, Jackson zu heiraten, war Enda zutiefst schockiert gewesen. Enda hatte sofort beschlossen, bei der Hochzeit anwesend zu sein, um sicherzugehen, dass es keine Anzeichen gab – dass Jackson sich stattdessen endlich mal wirklich verliebt hatte.

Er war enttäuscht, aber nicht schockiert gewesen, als er in seinem Halbbruder die gleiche besitzsüchtige Verachtung erkannt hatte, die er für Penny übrig gehabt hatte. Amalia war nur da, um seinen Besitz zu erweitern. Enda freute sich, zu sehen, dass Amalia nicht so unterwürfig war, wie Jackson es gerne gehabt hätte, selbst an ihrem Hochzeitstag. Und als er, Enda, sich nur wenige Stunden später im Garten mit der wunderschönen Braut geliebt hatte, hatte er gesehen, wie stark sie war.

Er hoffte nur, dass es ausreichen würde, um ihr das Leben zu retten.

AMA WAR ERLEICHTERT, als Olivier sie nach Hause begleitete. „Ich will nur ein wenig mit Dad reden", sagte er, aber sie wusste, dass er da war, um für Ruhe zu sorgen, zumindest bis Jackson sich beruhigt hatte. Enda hätte am liebsten das Gleiche getan, aber sie hatte den Kopf geschüttelt. *Ich will nicht, dass er uns auf die Schliche kommt*, hatte sie versucht ihm mit ihrem Blick zu sagen und sie war sich fast sicher, dass Enda es kapiert hatte. Himmel, sie war dennoch verrückt nach diesem Mann. Sie würde ihn später anrufen, wenn es sicher genug war, es zu probieren.

Sie ging in ihr Zimmer, sobald sie nach Hause kam, und fing an, sich ein Bad einzulassen. Sie ging noch einmal in ihr Zimmer, um zu prüfen, dass die Tür auch wirklich abgeschlossen war und stellte dann wie immer einen Stuhl unter die Klinke. *Was war das doch für ein Leben.* Aber Jackson machte ihr nun einmal Angst. Er war fähig zu Gewalt, da war sie sich sicher, und man musste ihn dafür nicht einmal besonders reizen. Ama wusste, dass Olivier und Enda ebenso dachten.

Sie zog sich aus, glitt in die Badewanne und spürte, wie das beruhigende Wasser ihrem schmerzenden Körper Erleichterung verschaffte. Sie war in letzter Zeit immer ausgesprochen verspannt. Entspannt war sie eigentlich nur bei Enda, wenn sie nackt in seinen Armen nach Luft rang. *Himmel, dieser Mann ...*

Sie ließ ihre Hand zwischen ihre Beine gleiten und fing an, sich zu streicheln, während sie an das letzte Mal dachte, dass sie sich geliebt hatten. Es war ein entspannter, verträumter Nachmittag der Liebe gewesen und Enda hatte sie in seinen Armen gehalten, während sein Schwanz sie tief gepflügt hatte. Himmel, würde sie dessen jemals müde werden? Er hatte sie auf ihren Bauch gelegt, ihre Pobacken sanft auseinander gedrückt und sie dann gefragt, ob sie sich sicher war. Sie hatte genickt. Er hatte sich großzügig mit Gleitgel eingerieben, bis sein Schwanz heiß und glitschig davon war, und hatte auch auf ihrem willigen Arschloch die hilfreiche Flüssigkeit verteilt. Unter keinen Umständen wollte er ihr Schmerzen oder Verletzungen zufügen, während er sie in den Arsch fickte. Sanft und langsam hatte er seinen Schwanz in ihrem Arsch versenkt, Stück für Stück, und hatte dabei ihre Klit gestreichelt, damit ihre Geilheit nicht versiegte. Ihr Körper war schier in Zuckungen verfallen, als sie gekommen war, und ihre heftige Reaktion hatte sie selbst überrascht. Dann hatte er seine Krawatte um ihre Handgelenke gebunden und sie gefickt, sie seinem muskulösen Körper und seinem riesigen Schwanz völlig unterworfen. Es hatte sie unglaublich geil gemacht, von ihm dominiert zu werden. Auch, als sie sich auf ihn gesetzt hatte, hatte er die Kontrolle behalten, hatte sie auf seinem Schwanz aufgespießt, ihre Hüften mit seinen starken Fingern gepackt und ihr schließlich auf Bauch und Brüste gespritzt.

Amalia brachte es Tag für Tag kaum übers Herz, ihn zurückzulassen, und sie stellte sich immer öfter vor, wie sie am Ende des Tages zu ihm nach Hause ging. Wie er ihr die Tür öffnen würde und sie mit einem stürmischen Kuss begrüßen, wie seine Hände unter ihren

Rock wandern und sein Schwanz in sie hineinstoßen würde, während er sie hart gegen die Wand fickte.

Ama stöhnte leise, während sie sich langsam zum Höhepunkt streichelte und träumte. Als sie sich danach entspannte, fragte sie sich, ob sie ihn später noch anrufen und vielleicht ein wenig Telefonsex riskieren könnte.

Dieser Mann hat dich in eine Nymphomanin verwandelt, grinste sie in sich hinein. *Wie ich dich liebe, Enda Gallo.*

Sie riss ihre Augen auf und keuchte schockiert. Oh Gott ... sie *liebte* ihn. Sie war *völlig* in diesen Mann verliebt.

„Verdammt", sagte sie und stieg aus dem Bad. Liebe machte alles noch komplizierter, und sie fühlte sich damit so unbehaglich. Was, wenn sie es nicht länger verbergen konnte? Was würde Jackson dann tun?

Und sie wollte auch Endas Stellung in der Familie nicht gefährden. Seinen Aussagen nach zu urteilen, gehörte er gerne dazu, alleine schon Olivier wegen. Die beiden Gallos, die sie von ganzem Herzen liebte, würden von ihrer Unvorsichtigkeit verletzt werden und das konnte sie nicht ertragen.

Sie trocknete sich ab, wickelte sich in das Handtuch und ging wieder ins Schlafzimmer, um sich die Haare zu trocknen. Sie war völlig in Gedanken versunken, als sie ihre Bürste in die Hand nahm.

„Da hast du mir ja eine ganz schöne Show geleifert."

Ama keuchte auf und wirbelte herum. Jackson lehnte an der Tür und lächelte sie fies an. Ama wurde rot bei dem Gedanken, dass er sie bei der Selbstbefriedigung beobachtet hatte.

„Was machst du bitte in meinem Zimmer, du Arschloch?"

Jackson lächelte und eine Sekunde später hatte er sie schon am Hals gepackt. „Pass bloß auf, wie du mit mir redest, *Eheweib.* Ich habe deine Aufmüpfigkeit langsam satt."

Ama trat nach ihm und versuchte, sich aus seinem Griff zu befreien. Er presste eine Hand auf ihren Mund.

„Schh, schh ..." Er legte sich auf sie. Dann zog er sein Handy hervor und zeigte ihr ein Bild. „Kommt dir diese Wohnung bekannt vor?"

Ama gefror das Blut in den Adern. „Das ist die Wohnung meiner Schwester."

„Genau richtig. Dieses Foto ist vor, hm, vielleicht drei Minuten entstanden. Deine Schwester ist gerade allein zu Hause."

Ama hörte auf, sich zu wehren. „Was fällt dir bloß ein?"

Jackson grinste und küsste sie, presste seinen Mund mit erstickender Kraft auf den Ihren. Ama schmeckte Blut. „Eine der beiden Rai-Schwestern wird heute Nacht gefickt, Amalia. Du entscheidest, welche es sein wird."

Ama war außer sich vor Entsetzen. „Du Mistkerl ... lass sie gefälligst in Ruhe, du verdammter *Mistkerl*."

Jackson grinste. „Scheint, als hättest du dich entschieden."

Er riss ihr das Handtuch vom Leib und ergötzte sich am Anblick ihres sexy nackten Körpers. „Himmel, es wurde ja auch Zeit, dass ich mal einen Blick in die Schatztruhe werfen darf. Du bist ja richtig sexy ..."

Er öffnete bereits seinen Reißverschluss und Amalia fing an zu weinen. Würde er Selima wirklich vergewaltigen lassen, wenn Ama nicht mit ihm schlief?

Ja. Das weißt du genau. Oh mein Gott ...

Jackson spreizte ihre Beine und rammte sich in sie hinein und Ama schrie vor Schmerzen auf. Jackson klatschte ihr wieder seine Hand auf den Mund. „Jetzt hör mir mal gut zu, du kleine Hure. Ich werde dich jede Nacht unserer Ehe ficken und du wirst es dir gefallen lassen, sonst schwöre ich dir, dass ich es jedem zeigen werde, der dir etwas bedeutet. Jedem. Und dann werde ich dich fertig machen, Amalia. Das schwöre ich bei Gott. Und wenn du mich je verlässt? Dann *bring* ich dich um. Ich reiße dich in Stücke."

Er stieß immer weiter in sie hinein, während stille Tränen über Amas Wangen liefen. Sie schloss ihre Augen, während er in sie hineinhämmerte und sein Schwanz sein wässriges Sperma in sie spritzte. *Nein. Nein, das darf doch nicht wahr sein.*

Er zog ihn aus ihr heraus, endlich zufrieden. „Na, endlich hat sich die Mitgift ausgezahlt."

Ama rollte sich zusammen und fing an zu schluchzen. Jackson

kicherte. „Gewöhn dich besser dran, Kleine. Ich meine es ernst, wenn ich dir sage, dass ich dich fertig mache, wenn du jemandem hiervon erzählst. *Egal wem.*"

Und damit verschwand er.

Ama blieb weiterhin zusammengerollt auf der Bettdecke liegen, völlig erschüttert über das, was gerade passiert war. Vergewaltigt. Jackson hatte sie vergewaltigt. Er hatte ihr damit gedroht, ihre Familie angreifen und sie umbringen zu lassen.

Wie sollte sie bloß jemals diese Ehe überleben? Ihr Wegwerf-Handy vibrierte in der Schublade ihres Nachtkästchens, aber sie wagte nicht, mit Enda zu sprechen – nicht mit dem Mann, den sie liebte, nachdem der Mann, den sie verachtete, ihr gerade das angetan hatte.

Ama wollte einfach nur einschlafen und nie wieder aufwachen.

RAFFAELO WINTER GAB seinem guten Freund Enda eine dicke Umarmung, sobald Enda die beiden aus ihrem Privatflugzeug aussteigen sah. Inca, Raffaelos wunderschöne Frau, grinste und verdrehte die Augen. Enda lachte, als Raffaelo ihn schließlich freigab, und umarmte dann Inca.

„Hallo, Schönheit. Bist du dann immer noch mit diesem Lappen verheiratet?"

Inca lächelte ihn an. Sie hatte atemberaubende Augen, wie er fand, warm und liebevoll, und ihr Gesicht war annähernd perfekt. Ihr langes, dunkles Haar war zu einem Pferdeschwanz zusammengebunden und sie sah in ihrem T-Shirt und ihrer Jeans liebreizend schluderig aus. Enda schoss auf einmal der Gedanke durch den Kopf, dass sie und Ama jede Menge gemeinsam haben würden. Sie waren beide Amerikanerinnen mit indischen Wurzeln, beide umwerfend, talentiert und witzig.

Sie unterhielten sich, als sie in Endas Limousine von Raffaelos Privatjet wegfuhren, und Enda bewunderte, wie leicht Raff und Inca eine erfolgreiche Beziehung aussehen ließen. Sie waren miteinander durch die Hölle gegangen, waren aber immer noch so verliebt wie am ersten

Tag. Raffaelo, der sich seine dunklen, mit silbernen Haaren durchsetzten Locken rappelkurz geschnitten hatte, trug neuerdings einen Bart, der ihn laut Inca wie einen „sexy mürrischen Professor" aussehen ließ.

„Und wer hätte gedacht, dass ich einen Fetisch für sexy, mürrische Professoren habe?", witzelte sie und Raffaelo strich ihr grinsend mit einem Finger über das Gesicht.

Enda spürte, wie Neid in ihm hochstieg. Er hätte nur zu gern selbst so eine offene, humorvolle und gut gelaunte Beziehung mit Ama, aber die ganze letzte Woche lang war sie betrübt und zurückgezogen gewesen. Sie hatte ihm erzählt, sie sei einfach müde, aber er wusste, dass sie etwas vor ihm verbarg. Wenn sie sich liebten, klammerte sie sich an ihm fest, als wolle sie nie wieder loslassen, aber er erkannte eine stille Verzweiflung darin.

Heute würde sie sich jedoch mit ihm und seinen Freunden in der Öffentlichkeit treffen, offiziell, um die Idee mit dem Musikschulen zu besprechen, aber in Wirklichkeit stellte Enda sich eher vor, dass sie sich mit seinen Freunden anfreunden würde. Die Sache mit den Musikschulen war die perfekte Ausrede für Ama, sich mit ihm und Raff zu treffen, und wenn sie und Inca sich anfreundeten ...

„Hallo, Erde an Enda? Wann treffen wir uns mit Amalia?"

Enda blickte auf die Uhr. „Seid ihr sicher, dass ihr nicht ins Hotel fahren und euch ein bisschen ausruhen wollt? Wir treffen uns erst um eins mit ihr."

Inca wurde ein wenig rot. „Wir, ähm, haben im Flugzeug geschlafen." Sie und Raff wechselten einen verschwörerischen Blick und erneut verspürte Enda einen Anflug von Einsamkeit.

NACHDEM SIE SICH im Restaurant gesetzt hatten, blickte Enda auf und sah Amalia, wie sie eintrat, mit dem Maître D' ein paar Worte wechselte und dann in seine Richtung blickte. Ihr Gesicht fing an zu strahlen, als sie ihn sah, und er stand auf, um sie zu begrüßen.

„*Ciao*, Ama. Schön, dich zu sehen." Es fühlte sich seltsam an, sie auf die Wange zu küssen, anstatt ihren süßen Mund zu schmecken.

Sie sah schön aus, aber ihm entgingen die dunklen Ringe unter ihren Augen nicht und es sah aus, als hätte sie abgenommen. Ihre Wangen waren leicht eingefallen und sie strahlte eine gewisse Trauer aus. Was war bloß los?

Enda stellte sie Raffaelo und Inca vor, und Inca umarmte die andere Frau. „Ich freue mich so sehr, dich kennenzulernen."

Ama lächelte sie an. „Ich mich auch. Ich habe schon so viel über euch gehört. Und wow, Raff, du und Enda könnten echt Zwillinge sein."

Raffaelo grinste. „Von denen habe ich schon einen, aber ich weiß, was du meinst. Schön, dich kennenzulernen, Ama."

Enda wollte so gerne Amas Hand halten, während sie so nebeneinander saßen; aber er musste sich damit zufriedengeben, einfach neben ihr zu sitzen und ihren Duft einzuatmen.

Inca grinste ihn an und ihm wurde klar, dass sie bereits erraten hatte, was Ama ihm bedeutete. Er war froh darüber. Die vier plauderten während des Essens entspannt miteinander. Inca und Raff erzählten ihnen, dass sie überlegten, ein Kind zu adoptieren, aber dennoch auch ihre Unabhängigkeit genossen.

„Ich freue mich immer, wenn die Kinder von Tommaso und Bo zu Besuch kommen, aber ich muss auch sagen, dass ich todmüde bin, wenn sie wieder nach Hause gehen. Also ... wissen wir es noch nicht genau. Vielleicht sind Kinder einfach nichts für uns." Inca zuckte mit den Schultern und lächelte ihren Mann an.

„Vielleicht nicht", stimmte er zu und lachte. „Dann könnten wir nicht mehr so leicht zu unseren Abenteuern aufbrechen."

Inca erzählte Ama, wie gerne die beiden reisten. „Letztes Jahr sind wir nach Peru gefahren, zum Machu Picchu gewandert und haben dann das Beinhaus des Convento de San Francisco besucht."

„Das war richtig gruselig. Völlig aus menschlichen Knochen hergestellt." Raff schauerte, aber Inca grinste.

„Ich fand es ganz toll. Das Schlimmste war diese Hängebrücke, über die du mich gejagt hast. Himmel."

„Du Memme."

Inca boxte ihn spielerisch in die Schulter. „Die Worte ‚handge-webt' und ‚Brücke' gehören einfach nicht zusammen."

Während Enda so beobachtete, wie leicht und verspielt die Bezie-hung seiner Freunde war, konnte er nicht anders, als seine Hand sanft über Amas Schenkel streichen zu lassen. Sie zuckte zusammen und ließ ihre Gabel fallen, sodass diese vom Tisch rutschte. „Hoppla, Entschuldigung."

Sie bückte sich, um die Gabel aufzuheben, und ihr T-Shirt rutschte nach oben, wobei ein Streifen glatter, goldbrauner Haut sichtbar wurde ... auf dem ziemlich deutlich der Abdruck eines Stie-fels zu sehen war, der sich in ihren Bauch gebohrt hatte. Enda stockte der Atem und Inca, die es auch gesehen hatte, blickte ihm entsetzt in die Augen.

Jackson. Dieser Mistkerl. Enda wurde fast blind vor Wut und als Ama sich wieder aufrichtete und ihr T-Shirt zurechtrückte, sah er, wie sie auf seine Verwirrung reagierte.

Nach diesem Vorfall war das Mittagessen eher bedrückt. Raffaelo schien ein wenig verwirrt zu sein über die Gewitterwolke, die sich über seine drei Freunde gelegt hatte, und als Enda und Ama sich verabschiedeten, umarmte er seinen langjährigen Freund.

„Wir treffen uns bald wieder, in Ordnung?"

Enda nickte, da er sich nicht zutraute, auch nur ein Wort zu sagen. Die beiden Männer sahen dabei zu, wie die Frauen sich umarmten, und Inca flüsterte Ama etwas zu, woraufhin diese mit Tränen in den Augen nickte.

Enda nahm Ama mit in seine Wohnung, wobei sie keinen Wider-stand leistete, und schenkte ihnen jeweils ein Glas Whiskey ein. Während sie daran nippte, schob er ihr T-Shirt nach oben und betrachtete das schreckliche Muster der blauen Flecken auf ihrem Bauch, ihrem Rücken und ihren Flanken.

„Er hat das gemacht."

Sie nickte und sah völlig am Boden zerstört aus. „Ja."

„Das reicht. Ich habe genug. Nur du bedeutest mir etwas. Du musst heute Abend noch raus aus diesem Haus."

„Nein."

„Nein?" Enda traute seinen Ohren kaum.

„Das kann ich nicht. Er ... er wird Menschen wehtun. Menschen, die mir etwas bedeuten."

„Er tut dir weh!"

„Ich kann damit umgehen."

Enda flippte aus. „Wie kannst du nur so blind sein? Du bist eine intelligente, mutige Frau und worauf reduziert er dich? Auf seinen Boxsack? Macht er sonst ...?" Er sprach die Frage nicht einmal zu Ende, bevor es ihm wie Schuppen von den Augen fiel. „Ach du lieber Himmel ... vergewaltigt er dich?"

Ama schluchzte auf und nickte. Enda nahm sie in den Arm. Er verspürte auf einmal das überwältigende Bedürfnis, Jackson umzubringen. „Womit droht er dir, Baby? Sag es mir."

Sie erzählte es ihm und er schloss die Augen. Er zweifelte keine Sekunde daran, dass Jackson Selima oder sonst einen wichtigen Menschen aus Amas Leben verletzen oder umbringen lassen würde. Er verstand nun, warum Ama dachte, sie hätte keinen anderen Ausweg. Dieser Mistkerl.

Enda setzte sich neben sie auf seine Couch. „Ama, ich weiß, dass du deine Schwester beschützen willst. Wirklich. Aber ich finde, du solltest etwas über Jackson erfahren. Er ist ... ein Psychopath. Mein Vater will nichts davon hören und Olivier fällt es schwer, es zu akzeptieren, obwohl er weiß, dass es stimmt. Hat Olly dir von Penelope erzählt?"

Ama schüttelte den Kopf und sah hoffnungslos und erschöpft aus. „Nein."

Enda atmete tief ein. „Penny war Jacksons Freundin, so in der Art, vor ein paar Jahren. Sie waren nicht sehr lange zusammen. Penny hat schnell gemerkt, was für eine Sorte Mann er ist. Also hat sie versucht, die Sache zu beenden. Jackson lässt sich natürlich nicht so leicht abservieren. Von niemandem. Als Penny jemand anderen kennenlernte, Danny, ließ Jackson sie beide ermorden. Danny von einem Autofahrer, der danach Fahrerflucht beging. Penny wurde in ihrem Auto erstochen."

Ama sah aus, als würde sie sich gleich übergeben. „*Himmel.*

Himmel." Sie beugte sich vornüber und schlang ihre Arme um sich. Als sie zu Enda aufblickte, strömten Tränen über ihr Gesicht. „Was, wenn er Selima das Gleiche antut?" Ihre Stimme war kaum noch ein Flüstern. „Ich kann ihn vielleicht verlassen, aber was, wenn er sie umbringen lässt, noch bevor ich aus der Ausfahrt raus bin? Zumindest wird er wohl das Geschäft meines Vaters ruinieren."

„Inca hat die blauen Flecken auch gesehen. Was hat sie zu dir gesagt?"

Ama lächelte trotzt ihrer Tränen. „Sie hat mir gesagt, dass ich sie nur anrufen müsse und sie wäre für mich da. Ich mag sie jetzt schon."

Enda nahm sie in die Arme. „Ich mache mir solche Sorgen um dich, Baby", sagte er leise. „Ich schwöre, dass wir einen Ausweg aus dieser Lage finden."

Ama nickte und drückte ihre Lippen auf seine. „Ich will heute Nacht nicht nach Hause gehen. Ich werde ihm sagen, dass unser Treffen mit Inca und Raff bis spät in die Nacht gedauert hat und ich deshalb in der Stadt bei Freunden übernachtet habe."

Enda erwiderte ihren Kuss. „*Cara mia*, ich will dich einfach wieder glücklich machen."

AMA LÖSTE SICH VON IHM, stand auf, zog sich das T-Shirt über den Kopf und schlüpfte aus ihrem Rock. Enda küsste sie sanft auf den Bauch und gab sich Mühe, ihre blauen Flecken nicht zu beanspruchen. Jackson wusste nur zu gut, wo er jemanden verprügeln musste, damit niemand die Spuren sah. *Dieser Wichser.*

Von einem Adrenalinstoß erfüllt, nahm Enda sie in seine Arme und trug sie ins Bett. Ama blickte zu ihm auf, während er sich entkleidete. „Halte dich nicht zurück, mein Liebling. Halte dich nicht zurück."

Sein Schwanz, der bereits gerade stand wie eine Fahnenstange und von seinem eigenen Gewicht nach unten gezogen wurde, drang in sie ein und sie erzitterte vor Verlangen, als ihre Muschi sich um ihn zusammenzog. Sie passten so perfekt zusammen, dass sie es kaum glauben konnte. Sie liebten sich langsam und intensiv, bis sie beide kamen und unter einem milden Orgasmus erschauerten. Enda küsste sie zärtlich.

„Ich tue dir doch nicht weh, oder?"

Ama schüttelte den Kopf und versuchte, zu lächeln. „Nein. Du löscht die schlimmen Erinnerungen aus, wenn dir das hilft."

Zu seiner Überraschung stellte Enda fest, wie ihm selbst die Tränen in die Augen stiegen. „Ich finde das schrecklich. Ich finde es schrecklich, was er dir antut."

Ama nickte und klammerte sich an ihn. „Das weiß ich. Aber ich muss meine Familie beschützen. Bis ich einen Weg finde ..."

Auf einmal hämmerte jemand wie wild an der Wohnungstür und sie erstarrten beide. Niemand wusste, dass sie hier waren oder dass Enda dieses Penthouse gemietet hatte. Enda setzte sich auf und wickelte Ama in das Laken. „Geh ins Bad und bleib dort. Lass das Licht ausgeschaltet."

Sie nickte und verschwand in dem dunklen Zimmer. Enda stand auf und zog seine Jeans an, als es erneut klopfte.

Er machte sich auf das Schlimmste gefasst und riss die Tür auf. Dort stand Olivier und Enda starrte ihn überrascht an. „Olly ... was zum Teufel?"

Olivier schüttelte den Kopf. „Keine Zeit für Erklärungen. Es ist Dad, Enda. Er hat einen schlimmen Herzinfarkt gehabt. Er ist im Krankenhaus." Olivier sah am Boden zerstört und verängstigt aus. „Bring Ama mit. Wir sagen Jackson einfach, wir hätten sie unterwegs eingesammelt."

WÄHREND SIE ZU dritt durch die Gänge des Krankenhauses rannten, schwirrten Ama eine Million Fragen im Kopf herum. Also wusste Olivier über sie und Enda Bescheid und wusste von der Wohnung. Woher wusste er das bloß? Ihr fiel keine positive Antwort darauf ein. Und das machte sie fertig – negative Dinge über Olivier zu denken, den sie liebte, wie Enda es auch tat. Sie vertraute Olivier ihr Leben an – hatte es ihm zumindest anvertraut. Und nun ...

Sie sahen Jackson am Ende des Ganges stehen und ausnahmsweise verspürte Ama Mitleid mit dem Monster. In diesem Augenblick sah er aus wie ein verlorener kleiner Junge und nicht wie der hinterhältige Vergewaltiger und möglicherweise Mörder, als den sie ihn nun kannte. Vor ihr stand ein anderer Jackson – ein verletzlicher. Sie tätschelte ihm ungelenk den Arm. „Mein Beileid, Jackson."

Er sah durch sie hindurch, ignorierte Enda völlig und blickte nur verzweifelt seinen älteren Bruder an. „Sie wollen mir nichts sagen, Olly."

Olivier nickte mit ernstem Gesichtsausdruck. „Sie geben wahrscheinlich immer noch ihr Bestes, Jack. Komm, wir setzen uns und warten ab."

Ama konnte sich nicht dazu bringen, sich neben Jackson zu setzen, also setzte sie sich ihm gegenüber. Sie blickte flüchtig Olivier an und er lächelte ihr freundlich zu. Sie war erleichtert, dass er sie nicht dafür verurteilte, dass sie mit Enda schlief. Enda saß neben ihr, den Arm über die Rückenlehne des Stuhles gelegt, und sie war versucht, sich einfach an ihn zu kuscheln. Er sah schockiert aber ernst aus und Ama wusste, dass er sich Mühe gab, sich zusammenzureißen.

Eine Stunde später kam die behandelnde Ärztin zu ihnen. „Ich bin Dr. Friedan. Ich bin der Leiter der Kardiologie hier im Krankenhaus", sagte sie und schenkte ihnen ein freundliches Lächeln. „Mr. Gallo hat einen schlimmen Herzinfarkt gehabt, wie Sie bereits wissen. Wir haben ihn stabilisieren können, aber die nächsten vierundzwanzig Stunden sind besonders kritisch."

„Können wir zu ihm?"

Dr. Friedan schüttelte den Kopf. „Das würde ich die nächsten paar Stunden lieber untersagen. Sie sollten ihm die Ruhe gönnen. Er ist kurz wieder zu Bewusstsein gekommen, aber jetzt schläft er. Kommt morgen Früh wieder zurück."

Nachdem sie gegangen war, sank Jackson auf seinem Stuhl in sich zusammen. „Ich bleibe hier."

Olivier blickte Enda an. „Vielleicht solltest du Ama nach Hause bringen und bei ihr bleiben, bis es Neuigkeiten gibt."

Ama blickte Jackson an, der Olivier scheinbar nicht einmal gehört hatte. „Wir sollten los."

DAS ZUHAUSE von Macaulay Gallo war leer und verlassen. Ama wollte nicht schlafen und auch nicht in das Zimmer gehen, in dem Jackson sie schon die ganze Woche lang missbraucht hatte, also richteten Enda und sie sich in der großen Küche ein. Es stand eine große, zerschlissene Couch darin und sie setzten sich darauf, während sie zusahen, wie vor dem Fenster die Sonne aufging.

„Weißt du, es ist schon komisch", sagte Enda leise. „Ich sehe ihn immer noch nicht als meinen Vater. Ich weiß, dass die DNA-Tests es bestätigt haben ... aber ich bin nur Olivier wegen hier geblieben. Wenn nur Mac und Jackson gewesen wären, wäre ich vielleicht in diese Familie nie so eingebunden gewesen." Er lächelte sie traurig an. „Aber dann hätte ich auch nie dich kennengelernt, *amore mia*."

Ama streichelte ihm über die Wange. „Wir müssen darüber reden, dass Olivier von uns weiß."

„Scheint so."

Sie saßen stumm da und dachten darüber nach, was das bedeuten könnte. Enda gab auf. „Ich komme einfach nicht darauf. Wir sind so vorsichtig gewesen."

Ama kaute sich auf der Unterlippe herum. „Glaubst du, Jackson weiß es?"

Er schüttelte den Kopf. „Nein. Denn wenn er es wüsste ..."

Er musste seinen Satz nicht beenden. Ama wusste, dass er meinte, wenn Jackson es wüsste, wären sie jetzt wahrscheinlich beide tot. Ama erinnerte sich daran, was Enda ihr von Penelope erzählt hatte. Ama traute es Jackson ohne Weiteres zu, dass er *sie* erstechen würde, wenn er herausfand, dass sie mit Enda schlief. Sie versuchte, ihre eigene Angst zu unterdrücken. Lieber sie als Enda ... oder Selima, aber das sagte sie nicht laut.

Kurz nach sieben Uhr morgens schlief sie in Endas Armen ein, während sie auf der Couch lagen.

Um acht Uhr rief Olivier sie an, um ihnen zu sagen, dass Macaulay tot war.

HUNDERTE MENSCHEN ERSCHIENEN zu dem Begräbnis. Inca und Raffaelo kamen auch, mit traurigen Gesichtern, und umarmten Enda und Olivier. Ama nahm Jacksons Arm, wie es von ihr erwartet wurde, während sie hinter dem Sarg herliefen, der in die Kirche getragen wurde, und setzte sich dann neben ihn, als der Gottesdienst anfing. Jackson schien völlig neben sich zu stehen und Ama überlegte mit Enda, ob er etwas genommen hatte, um den Tag zu überstehen.

Macaulays Tod hatte ihn tief getroffen. Der jugendliche Übermut und die Prahlerei waren verschwunden; Jackson trauerte. Sogar Enda verspürte eine Art Mitleid mit dem Mann – sofern ihm das möglich war. Er konnte die Wut nicht ablegen, die er gegen Jackson wegen Ama hegte – wegen der Drohungen, ihrer Familie wehzutun, wenn sie ihm nicht gehorchte. Er betrachtete sie nun als Paar; Jacksons perfekt frisiertes Haar und sein glattrasiertes Gesicht neben Amas ätherischer Schönheit. *Nein.* Sie passten als Paar nicht gut zusammen. Wieso bestand Jackson darauf, so zu tun?

Enda plagten bereits Albträume davon, wie Ama von einem von Jacksons Handlangern ermordet wurde. Er sah sie vor sich in ihrem Auto, erstochen, ausgeweidet, überall Blut ... *Verdammt noch mal, Schluss damit, Alter.* Er senkte den Kopf und schloss die Augen, um die Bilder loszuwerden. Er spürte Raffs Hand auf seiner Schulter und lächelte seinen Freund dankbar an.

BEIM LEICHENSCHMAUS BLIEB Ama zunächst bei Jackson und entschuldigte sich dann. Sie war erschöpft, ausgelaugt und benommen. Sie hatte Macaulay sehr gerne gemocht, obwohl er ein schwacher Mann gewesen war, und jetzt, da er nicht mehr unter ihnen war ... Himmel, sie würde mit Jackson alleine in diesem Haus sein. Weiß Gott, was er ihr nun antun würde, wenn ihn niemand mehr davon abhalten konnte. Sie ging in ihr Zimmer, um den schwarzen Anzug

auszuziehen, den sie bei der Beerdigung getragen hatte, und stattdessen ein einfaches, bequemes schwarzes Kleid anzuziehen. Sie
hörte, wie jemand sanft an der Tür klopfte.

„Herein."

Inca steckte ihren Kopf durch die Tür und Ama seufzte erleichtert. „Bitte komm herein. Ich brauche ein bisschen Zeit unter
Mädels."

Inca umarmte sie. „Es ist schrecklich. Mein herzliches Beileid."
Sie setzte sich auf die Kante von Amas Bett und betrachtete sie eingehend. „Wie geht es dir? Wirklich?"

Ich habe Angst. Das war ihr erster Gedanke, aber sie unterdrückte
ihn. „Ganz in Ordnung. Ich bin traurig. Er war wirklich ein netter
alter Mann."

Inca lächelte. „Das war er. Und manchmal hat er ziemlich gute
Gene weitergegeben."

Ama kicherte. „Ja, *manchmal.*"

Inca senkte die Stimme. „Ama, du kannst mir alles erzählen. Es
ist ziemlich offensichtlich, für mich und Raff zumindest, dass du und
Enda zusammen seid. Ich mache dir gar keinen Vorwurf und verurteile dich auch nicht, ich sage eher ... *Glückwunsch!* Ich bin ziemlich
egoistisch und will, dass mein guter Freund Enda glücklich wird, und
für mich ist klar, dass du die richtige Frau für ihn bist."

Ama wollte heulen. Es war so eine Erleichterung, endlich ehrlich
mit jemandem über ihre Gefühle für Enda sprechen zu können. „Das
stimmt. Es ist einfach nur kompliziert." Sie erzählte Inca von Jacksons Drohungen.

Inca nickte weise. „Das verstehe ich. Hör zu, Ama, ich weiß ja
nicht, was dir Enda alles über meine Vergangenheit erzählt hat, aber
ich hatte ziemlich ernstzunehmende ... Feinde, sagen wir mal. Es war
viel Gewalt im Spiel, die ich beinahe nicht überlebt hätte. Was ich
damit sagen will ... ich musste auch schon mit den Sachen fertig
werden, die Jackson dir androht."

„Und du hast es geschafft, dem zu entkommen."

Inca nickte und ihr wunderschönes Gesicht war ernst. „Das habe
ich. Und ich will dir helfen – wir wollen beide dir und Enda helfen.

Ich weiß noch nicht, wie, aber ich weiß, dass wir es tun werden. Jackson ist sehr mächtig, und jetzt, da ihm ein weiterer Teil des Vermögens seines Vaters zuteilwird, wird er sich für unantastbar halten."

Ama seufzte. „Du hast recht. Hast du schon von Penelope gehört?"

Inca nickte. „Ja. Hör zu, Ama, ich habe bereits Erfahrung mit besessenen Menschen. Sie sind unberechenbar. Ich finde, als Erstes sollten wir uns um deine Sicherheit und die Sicherheit deiner Familie kümmern."

„Das finde ich auch. Meine Familie steht aber an erster Stelle. Wenn Jackson seine Wut schon an jemandem auslassen muss, dann bin das lieber ich."

Inca schenkte ihr ein seltsames Lächeln. „Du und ich sind uns ähnlicher, als du denkst. Ich würde eher sterben, als Raff etwas zustoßen zu lassen."

Ama lächelte. „Er verehrt dich und ich nehme an, er würde genau das Gleiche sagen."

Inca lachte. „Das würde er. Hoffentlich ist dieses Kapitel unseres Lebens abgeschlossen."

Ama drückte ihre Hand, „Und jetzt ist deine Mission, mein Leben zu retten."

„Darauf kannst du Gift nehmen."

Nach ihrem Gespräch mit Inca fühlte Ama sich erleichtert und aufgemuntert. Sie kehrte zum Leichenschmaus zurück. Die Gäste fingen an, nach Hause zu gehen, und sie sah, wie Enda und Olivier mit ein paar Nachzüglern redeten. Sie ging auf sie zu, aber eine Hand schoss aus einer Menschentraube heraus und Jackson riss sie zur Seite. Seine Alkoholfahne raubte ihr fast den Atem.

„Ist meine Frau nicht wunderschön?", lallte er und küsste sie auf die Wange. Ama versuchte, nicht zu katzbuckeln. Macaulays Freunde sahen peinlich berührt aus, aber Jackson schlang seinen Arm um Amas Hals. „Ich habe großes Glück, findet ihr nicht?"

Ama versuchte, die Aufmerksamkeit von sich zu lenken, indem sie das ältere Ehepaar höflich anlächelte. „Wie geht es euch beiden? Ihr seht gesund aus."

Jackson schnaubte verächtlich. „Komm schon, was meint ihr? Arthur? Magda? Ist Ama nicht die schönste Frau, die ihr je gesehen habt? Ihre Schwester ist auch ziemlich hübsch, falls ihr mich versteht."

Himmel. Ama schob ihn von sich weg. „Das reicht, Jackson." Sie wandte sich mit hochrotem Kopf an das Ehepaar. „Entschuldigt bitte. Macs Tod geht ihm wirklich nahe."

Das ältere Ehepaar lächelte verständnisvoll und suchte dann das Weite. Schon bald waren nur noch die Familie, Inca und Raff und noch ein weiteres Pärchen übrig. Jackson griff Ama sofort an. „Widersprich mir nie wieder in der Öffentlichkeit, du Miststück. Das ist nicht deine Aufgabe."

„Das reicht, Jackson." Enda ging zu ihnen hinüber und stellte sich zwischen Jackson und Ama. „Geh ins Bett und schlaf deinen Rausch aus."

Jackson grinste hämisch. „Na, da schau an, der Bastard höchstpersönlich. Bist du immer noch hier? Daddy ist doch jetzt weg, also kannst du dich einfach ins Knie ficken, du italienischer Wichser."

Enda verlor nicht die Nerven. „Geh ins Bett, Jackson."

Jackson blickte wieder zu Ama und grinste bösartig. „Von mir aus. Wenn Ama mitkommt. Sie kann mir den Schwanz lutschen, während ich noch überlege, ob ich ihre Schwester auch noch ficke."

Ama keuchte entsetzt auf und auch bei Enda brannten die Sicherungen durch und er warf sich auf Jackson und drosch wieder und wieder mit der Faust auf ihn ein. Jackson taumelte zurück und schlug schließlich gegen das Fenster, sodass es brach, aber Enda zerrte ihn auf den Boden.

Es gelang Raffaelo und Olivier nur gemeinsam, Enda vom blutverschmierten Jackson herunterzuziehen. Inca hatte schockiert ihre Arme um die schluchzende Ama geschlungen und versuchte, sie zu beruhigen.

Jackson kam wieder auf die Beine, wischte sich über den Mund

und hielt dann inne, während er zwischen Enda und Ama hin und her blickte. „Ach du Scheiße ... du *fickst* sie. *Du fickst mit meiner Frau! Du Bastard!*"

Er schmiss sich gegen Enda, aber Olivier trat zwischen die beiden und federte Jacksons Wut ab. Sie taumelten beide zurück und Raffaelo musste sie vor dem Umfallen bewahren. Olivier legte seine Arme um seinen jüngeren Bruder. „Aufhören. *Aufhören.*"

„Du verdammter italienischer Schwanzlutscher", brüllte Jackson Enda an, der ihn wütend anfunkelte. „Ich bring dich um, ich bringe euch *beide* um." Er versuchte, sich von seinem Bruder loszureißen und richtete seine rasende Wut auf Ama. „*Du dumme Schlampe.* Ich wusste, dass dein jungfräuliches Gehabe nur gespielt war. Wie lange machst du schon die Beine für ihn breit?"

Plötzlich verlor Ama die Geduld. Sie riss sich aus Incas Armen los und ging zu Jackson hinüber. „Willst du wirklich wissen, wie lange, Jackson? Willst du das wirklich wissen? Seit unserer *Hochzeitsnacht*, Jackson. Und willst du noch etwas wissen? Ich bereue es kein bisschen, weil ich Enda liebe. Richtig gehört, ich *liebe* ihn. Er ist jetzt meine Welt und du bist nur eine Fliege auf meiner Windschutzscheibe. Soll ich ihnen wirklich verraten, was du mir antust? Dass du mich vergewaltigst, mich verprügelst und mir damit drohst, auch meine Schwester vergewaltigen zu lassen? Meinem Vater das Geschäft zu ruinieren? Fick dich, Jackson Gallo, du bist nicht mal halb so gut wie Enda oder Olivier oder der letzte Mensch der Welt."

Mittlerweile strömten die Tränen über ihr Gesicht. „Ich verlasse dich und verlange die Annullierung der Ehe. Scheiß auf dich. Und scheiß auf meinen Vater, dafür, dass er mir und Selima das angetan hat."

Jackson grinste sie fies an. „Ich werde nie die Scheidung bewilligen, Amalia. Niemals. Du gehörst mir."

Ama verpasste ihm eine schallende Ohrfeige. „Ich gehöre niemandem, du *Arschloch*. Merk dir das. Ich *entscheide* mich, mit Enda zusammen zu sein, weil ich ihn liebe."

„Ich werde euch beide in den Ruin treiben. Euch beide! Raus aus meinem Haus, und zwar alle! Du", keifte Jackson nun Raffaelo an. „Nimm deine Hure mit und verschwinde."

Inca zeigte ihm den Mittelfinger und Raffaelo grinste hämisch. „Du erbärmliches Kind. Ama, wie lange brauchst du, um dein Zeug zu packen?"

„Höchstens zehn Minuten."

Raffaelo nickte Enda zu, der immer noch rasend vor Wut war und Jackson umgebracht hätte, wenn es nötig gewesen wäre. „Begleite sie, Enda. Wir passen auf, dass das Kleinkind hier beschäftigt ist."

Olivier nickte Enda zu, seine Arme immer noch um Jackson geschlungen, welcher mittlerweile breit grinste. Als Ama an ihm vorbeiging, spuckte er sie an und seine Spucke spritzte über ihr Gesicht. Ama ging einfach weiter, wischte sich über das Gesicht und zog Enda mit sich.

Jackson hörte auf, sich zu wehren, und starrte stattdessen Inca an, die ihn mit einem kühlen Blick bedachte. Seine Blick glitt an ihrem Körper auf und ab. Inca blickte kurz zu Raffaelo und grinste ihn an. Er verdrehte die Augen.

„Ist sie ein guter Fick, Raffaelo? Sie sieht aus, als wäre sie das … schöne, enge, kleine Fo …"

Inca trat ungerührt auf Jackson zu und rammte ihm ihr Knie in die Eier. „Ruhe, *Junge*", sagte sie eiskalt. „Du bewegst dich auf Glatteis."

„Das kannst du laut sagen", sagte Raffaelo und nahm Inca bei der Hand. Olivier versuchte, sich ein Grinsen zu verkneifen.

Jackson stöhnte auf und krümmte sich zusammen vor Schmerz. „Ihr Pisser. Ihr habt keine Ahnung, was ich euch allen antun kann. Keiner von euch wird hiermit davonkommen."

Olivier seufzte genervt auf. „Jackson, hast du es immer noch nicht kapiert? Du hast hier keine Macht. Überhaupt keine. Dad ist tot. Ama ist weg. Hör auf mit den leeren Drohungen und werde erwachsen."

Ama und Enda kamen zurück und Enda zog ihren Koffer hinter sich her. Jackson lächelte Ama an. „Bekomme ich keinen Abschiedskuss, Baby?"

Ama würdigte ihn keines Blickes. „Danke, Olly. Raff. Danke, Inca."

Und Hand in Hand mit Enda verließ sie das Haus der Gallos für immer.

Draußen blieb er stehen und nahm sie in den Arm. „Du liebst mich?"

„Ich weiß, dass das richtig schnell geht, aber ja, Enda Gallo, ich liebe dich."

Enda grinste und küsste sie. „*Ti amo*, Amalia Rai. *Ti amo*."

2

DREI MONATE SPÄTER...

SORRENTO, ITALIEN ...

Enda nahm ihren Nippel in den Mund und Ama seufzte und strich mit ihren Händen über seinen Kopf und seine Schultern, während er an der winzigen Knospe saugte und knabberte. Als sie so empfindsam war, dass sie hätte schreien können, kam er zu ihr hoch, um sie zu küssen, und ließ seine riesige, pralle Stange in sie gleiten, während Amas Beine sich um seine Taille schlangen.

Sie lebten jetzt bereits seit drei Monaten in Italien, und es war die glücklichste Zeit in Amas Leben gewesen. Die Villa, die Raffaelo für die beiden gefunden hatte, war luftig und geräumig und bäuerlich genug, dass Ama wirklich das Gefühl hatte, sie lebe in einer anderen Welt. Sie hatte hölzerne Fensterläden und feine, weiße Seidenvorhänge, die vom Wind in die Zimmer geweht wurden, und sie aussehen ließen wie etwas aus einem Traum.

Als sie San Francisco verlassen hatten, hatte Ama den Dekan des Konservatoriums angerufen, ihm die Lage erklärt und ihn um eine Beurlaubung gebeten. Angesichts der Umstände hatte der Dekan eingewilligt, aber Ama hatte trotzdem ein schlechtes Gewissen, ihre Kollegen im Stich zu lassen. Enda hatte arrangiert, dass ein privates Sicherheitsteam sich um Selima kümmerte, und obwohl ihrer

Schwester diese Einschränkung ihrer Privatsphäre gar nicht gefiel, war sie absolut schockiert gewesen, zu erfahren, was Ama durchgemacht hatte. Ama hatte ohne Erfolg versucht, sie mit nach Italien zu nehmen, aber Selima, die endlich die Freiheit hatte, zu tun, was sie wollte, hatte abgelehnt.

„Tut mir leid, Ama, aber mein Leben ist jetzt hier. Ich nehme den Bodyguard, aber abgesehen davon will ich so weitermachen wie bisher. Fahr nach Italien mit deinem heißen Kerl und werde glücklich."

UND AMA *WAR* GLÜCKLICH. Ihr Vater war es nicht gewesen. Er hatte sie angebrüllt, sie sei treulos und unehrbar, bis sie genug davon gehabt hatte.

„Dad ... du hast beide deine Töchter an Männer verkauft, die sie verprügelt und vergewaltigt haben. Wer ist hier der Unehrbare?"

Ihr Onkel Omar war eingeschritten und hatte sie verteidigt. „Gajendra, das geht zu weit. Du hast kein Recht dazu."

Gajendra, dessen Stolz verletzt war und dessen Geschäft nunmehr auf wackeligen Beinen stand, hatte geschworen, nie wieder mit seinen Töchtern zu reden. Verletzt aber trotzig verkündete Ama, dass das sein Pech war.

„Ich schätze, jetzt sind wir beide Waisen, Baby", sagte sie zu Enda und versuchte, tapfer zu sein, aber als sie in Tränen ausbrach, hielt er sie fest im Arm.

„Du bist meine Familie, Amalia Rai. Du, Olly, Selima, Raff und Inca. Ich halte mich für einen absoluten Glückspilz. "

NUN BLICKTE AMA zu ihm auf, während sie sich in dieser schwülen italienischen Sommernach liebten, sich gemeinsam wiegten, Endas Schwanz bei jedem Stoß härter und tiefer in ihr. Sie fühlte sich jetzt ständig wie betrunken vor Liebe und so sinnlich in ihrer eigenen Weiblichkeit, dass sie im Schlafzimmer immer abenteuerlicher geworden war. Enda hielt ihre Hände über ihrem Kopf fest und sie stöhnte, während er sich schneller bewegte und die Reibung seines Zepters in ihrer Fotze Zuckungen durch ihren Körper jagte.

„Ich liebe dich so sehr, Enda", flüsterte sie und schrie dann auf, als ihr Orgasmus sie innerlich fast zerriss. Ihr Rücken bäumte sich auf, ihr Bauch drückte sich an den Seinen, während sie spürte, wie sein Schwanz dicke, sahnige Wichse tief in sie hineinspritzte. Enda rang nach Luft, küsste sie und wollte sich nicht aus ihr lösen. Sie drückte ihre Schenkel um seine Taille zusammen. „Bleib in mir", ermutigte sie ihn und er grinste.

„Wenn ich das doch nur für immer könnte."

Ama kicherte. „Dann wäre Einkaufen ganz schön seltsam."

„Und Geschäftstreffen."

„Und Konzerte. Heute Abend ein Konzert von Amalia Rai, die, wie sie bemerken werden, während ihrem Auftritt fachmännisch durchgefickt werden wird von einem gutaussehenden Mannsbild. Tickets erste Reihe höher bepreist."

Enda lachte laut auf. „Diese Tickets würden aus dem falschen Grund der Renner sein." Er strich mit seinen Lippen über ihren Hals. „Obwohl, der Gedanke daran, dass diese Leute zusehen, wie du kommst und wie deine Wangen danach so entzückend rot werden ... macht mich schon irgendwie an."

„Du freaky Boy."

„Erwischt. Was ist mit dir? Hast du irgendwelche freaky Fantasien, die du mir mitteilen möchtest?" Er zog sich endlich aus ihr heraus und legte sich auf die Seite, während er mit der Hand ihren Bauch streichelte. Ama lächelte zu ihm auf.

„Weißt du, das ist schwer zu sagen, weil ich so ungefähr alles ausprobieren möchte, wenn ich mit dir zusammen bin. Aber ich glaube, ich habe noch nicht genügend Erfahrung, um an solche Dinge zu denken. Wenn du etwas vorschlagen willst, dann denke ich gerne darüber nach."

„Hmm." Enda streichelte ihr die Wange mit seinem Finger. „Ich bin mir nicht sicher. Mal sehen, ob wir gemeinsam auf etwas kommen können – Wortwitz nicht beabsichtigt." Er legte seinen Arm um ihre Schultern und zog sie an sich ran. Ama kuschelte sich bei ihm ein und atmete den Duft der Nachtluft ein, die durch die Fenster strömte.

„Wir sind hier im Himmel."

Enda lächelte. „Schön, dass es dir gefällt. Hör mal, ich habe nachgedacht ... ich will dir nicht im Weg stehen, aber hast du darüber nachgedacht, ob du wieder nach San Francisco zurückwillst?"

Ama überkam eine Welle der Übelkeit. Jackson wieder so nahe zu sein ... aber dann war da noch die Arbeit. „Ich denke ständig darüber nach. Ich will nicht von meinem Traumjob gefeuert werden, weil Jackson mir mit seinen Drohungen kommt, und ich schulde dem Konservatorium zumindest einen richtigen Abschied, wenn ich gehe. Mein Vertrag legt drei Monate Kündigungsfrist fest."

„Hört sich an, als würdest du darüber nachdenken, zu kündigen."

Ama nickte und blickte ihn ernst an. „Ehrlich gesagt habe ich das, Enda. Ich fände es gar nicht schlimm, nie wieder in die Staaten zurückzukehren. Ich fühle mich hier zu Hause. *Du* fühlt dich an wie mein Zuhause. Ich meine ..." Sie wurde rot und setzte sich auf, plötzlich schüchtern. „Ich erwarte nicht von dir, dass du ... ich will dir auf keinen Fall das Gefühl geben, dass du mich jetzt an der Backe hast, das ist alles."

Enda kicherte. „*Piccola*, ich bin voll dabei bei dieser Sache. Für immer. Darum musst du dir keine Sorgen machen." Er strich mit seiner Hand über ihren Rücken. „Sobald die Scheidung durch ist, würde ich gerne ... ich meine, ich will hier keine Forderungen stellen, aber ich wäre geehrt, wenn du nachdenken würdest über ... eine Art Bindung. Verlobung, Heirat, was auch immer wir beide gut finden. Auch, wenn es nur ein symbolischer Ring ist, wenn du gesetzlich an niemand anderen gebunden sein willst. Was auch immer für uns am besten funktioniert. Ich liebe dich, Amalia, und das ist das Richtige für mich. Du bist meine Partnerin."

Ama versuchte, die Tränen in ihren Augen nicht über ihre Wangen kullern zu lassen. „Du weißt immer genau, wie du mir das Gefühl geben kannst, ich sei die meistgeliebte Person der Welt. Danke, Baby." Sie drückte ihre Lippen auf seine, drückte ihn dann auf die Matratze und brachte sich über ihm in Stellung. Enda nahm ihre Brüste in die Hand und strich dann mit einem Finger über ihren Bauch zu ihrem Nabel herunter. Sie zitterte vor Lust, als er ihn mit der Fingerspitze umkreiste, griff nach seinem immer noch halbsteifen Schwanz und streichelte ihn, bis er stöhnte und sie sich darauf niederließ, tief seufzend, als er bis in ihr Innerstes vordrang.

„Oh Gott, Enda, das werde ich nie satt haben ... niemals."

AM NÄCHSTEN TAG traf Amalia sich mit Inca in der Stadt zum Mittagessen. Sie fanden eine kleine Trattoria und bestellten ein leichtes Lunch bestehend aus Linguine mit Meeresfrüchten und einem Salat. Seit Ama in Italien wohnte, waren Inca und sie sehr enge Freundinnen geworden und jetzt konnte Ama sich nicht einmal an eine Zeit zurückerinnern, in der sie keine Freundinnen gewesen waren. Inca war lieb, witzig, sehr intelligent und hatte so viel Mitgefühl für andere Menschen, dass Ama sich immer wieder über ihre Fähigkeit zu lieben wunderte.

Sie hatten außerdem den gleichen Sinn für Humor – leicht versaut – und sie redeten oft über die Männer in ihrem Leben. Inca war offensichtlich immer noch bis über beide Ohren in Raffaelo verliebt, selbst nach so langer Zeit.

„Er war eine ganz schön harte Nuss zu knacken, als ich ihn kennengelernt habe", enthüllte sie nun, während sie aßen. „Aber allein seine Gegenwart versetzte meinen Körper bereits in alle möglichen Zustände. Ganz ehrlich, er ist mein wandelndes Aphrodisiakum."

Ama grinste. „Ich weiß, was du meinst ... nur dass bei mir der Blitz eingeschlagen hat, als ich auf den Altar zugeschritten bin, um Endas Bruder zu heiraten. Ganz schön unangenehm."

Incas Wangen wurden feuerrot und sie versuchte, sich ein Lächeln zu verkneifen. Ama blickte sie misstrauisch an.

„Was gibt es da zu grinsen ... irgendwelche Gerüchte? Was verbirgst du vor mir, Sardee-Winter?"

Inca grinste. „Ach, du darfst es ruhig wissen. Ich war zuerst mit

Tommaso zusammen, bevor ich mit Raff zusammen war. Und dann mit Raff. Und da gab es eine kurze … Überschneidung."

„Du hast Tommaso betrogen."

Inca schüttelte den Kopf. „Nein."

„Er wusste es?"

„Ja."

„Und er fand es nicht schlimm?"

„Nein." Inca blickte ihr ungerührt in die Augen.

„Also hast du mit beiden geschlafen …" Auf einmal kapierte Ama es und kicherte schockiert auf. „Mit *beiden*? *Gleichzeitig*?"

Inca grinste. „Ertappt. Bist du schockiert?"

Ama versuchte, diese neuen Informationen zu verarbeiten. „Nein", sagte sie schließlich. „Schockiert nicht. Ich verurteile dich übrigens auch nicht. Vielleicht eher … neidisch? Ich wäre gerne so enthemmt."

Inca sah erleichtert aus. „Letzten Endes musste ich aber eine Entscheidung treffen … und Tommaso wusste, obwohl ich ihn liebte, dass Raffaelo mein Herz gewonnen hatte. Und dann wurde ich niedergestochen, was die Beziehung eine Zeit lang auf schlechte Art außergewöhnlich gemacht hat", witzelte sie und grinste, und Ama war erstaunt, wie leicht sie darüber Witze reißen konnte.

„Die Sache mit Enda ist … vor ihm war ich noch Jungfrau."

„Wirklich?"

Ama nickte. „Und obwohl der Sex atemberaubend ist, scheue ich mich noch … etwas Abenteuerlicheres vorzuschlagen."

Inca nickte verständnisvoll. „Vor den Winter-Zwillingen war ich nicht annähernd so offen, glaube mir. Ich glaube, es kommt einfach dadurch, dass du mit dieser einen Person zusammen bist, der du wirklich vertrauen kannst."

Ama lächelte ihre Freundin dankbar an. „Danke, dass du mir von deinen Erfahrungen erzählt hast, Inks. Das hilft wirklich … und alle Achtung, du warst wild!"

Inca lachte. „Ich bin immer noch wild, aber jetzt eben nur noch mit Raff, wie es sein sollte. Ich habe auch noch eine tolle Beziehung zu Tommaso. Ich glaube, das liegt daran, dass er sich so viel verändert hat und zufriedener mit sich ist. Er war emotional instabil, als ich ihn kennengelernt habe. Unsere Zeit zusammen ... ich glaube, sie war gleichzeitig schwierig und hilfreich für ihn, so seltsam das auch klingen mag. Auf jeden Fall ist er jetzt mit Bo zusammen und hat seine zehntausend Kinder mit ihr. Sie kommen bald zu Besuch ... ich kann es kaum erwarten, dass du sie kennenlernst."

AMA DACHTE IMMER NOCH DARÜBER nach, was Inca gesagt hatte, als sie zurück in die Villa fuhr. Sie wurde auf einmal melancholisch. Sie vermisste ihre eigenen Freundinnen – Lena, Christina und ihre Schwester. Sie würde versuchen, sie alle nach Italien einzuladen, obwohl sie vorsichtig sein mussten. Enda hatte dafür gesorgt, dass ihre Spuren verwischt wurden, damit Jackson sie nicht finden konnte. Ja, er wusste wahrscheinlich, dass sie in Italien waren, aber er konnte sich nicht sicher sein, wo genau sie waren.

In den drei Monaten, seit sie ihn verlassen hatte, hatten sie nur einmal miteinander kommuniziert, und zwar über ihre Anwälte. Jackson wollte weder eine Scheidung noch eine Annullierung bewilligen. Sie würde zwei Jahre warten müssen, bevor sie sich von ihm scheiden lassen könnte. Sie hatte ihm sogar angeboten, dass er sagen könnte, sie hätte ihn betrogen – was sie ja auch getan hatte – aber er dachte nicht einmal daran. Sie wollte keinen Cent von seinem Geld, sie wollte einfach nur ihre Freiheit.

Dass sie seitdem nichts mehr von ihm gehört hatten, war eine Erleichterung, aber sie wusste, dass es Enda unruhig machte.

„Er heckt irgendetwas aus", sorgte er sich, aber sie hatte ihm gesagt, was sie dachte.

„Genau das will er. Er will, dass wir nervös sind, dass wir ständig glauben, er sei uns auf den Fersen. Nein. Ich weigere mich, so zu leben. Es kommt, wie es kommt."

SIE BETRAT NUN DIE VILLA. Es war still in ihrem Inneren, aber kühl – eine Erleichterung von der heißen Sonne, die draußen schien. Enda war noch auf Arbeit und schmiedete Pläne dafür, zusammen mit Raffaelo Musikschulen zu bauen, arbeitete aber gleichzeitig die Dinge ab, die er hatte liegen lassen, während er in den Staaten war. Ama ließ ihre Tasche auf den Boden fallen, zog sich um in Shorts und Neckholder-Top und sah auf die Uhr. Vier Uhr nachmittags.

Sie hatte kein Personal gewollt, als sie hierher gezogen waren, und Enda hatte zugestimmt. Also war nun nur noch ein reduziertes Sicherheitsteam auf dem Anwesen, aber sie überwachten eher Hof und Garten und das Haus war ein privater Rückzugsort für Ama und Enda.

Sie ging in den kühlen, offenen Wohnbereich und setzte sich an das Klavier. Sie dachte an das wunderschöne Bösendorfer, das Jackson ihr gekauft hatte, um sich bei ihr einzuschleimen, und ihr wurde klar, dass sie dieses ältere, über Jahre liebevoll bespielte Instrument vorzog. Enda hatte ihr erzählt, dass seine Mutter früher darauf gespielt hatte, und nun fühlte es sich eher an wie ein Freund als ein Objekt. Ama strich mit ihren Händen über die Tasten und spielte ein paar Takte verschiedener Stücke; Mozart, Bach, Copland. Sie schloss die Augen und ließ ihre Finger wie von selbst über die Tasten tanzen, eine neue Komposition kreieren, leicht und sinnlich ... ein Liebeslied. Sie hatte schon monatelang nichts mehr geschrieben, so kam es ihr vor, aber als ihre Finger sich über die Tasten bewegten, spürte sie den Drang in ihnen. Sie wechselte zu moderner Musik – Tori Amos, Sarah McLachlan, Norah Jones – und sang leise zu der Musik.

„Ich habe ja gar nicht gewusst, dass du so schön singen kannst."

Ama drehte sich um und lächelte Enda zu. „Ha. Danke. Kann ich nicht, aber trotzdem danke." Sie erhob sich, aber er gebot ihr Einhalt und setzte sich neben sie.

„Bleib noch und spiel etwas für mich."

Und so tat sie es. Endas Arme um die Taille geschlungen, spielte sie ihm ein paar ihrer eigenen Werke vor. Keiner von beiden bemerkte, dass es bereits dunkel war, als sie fertig war. Enda drückte seinen Mund auf ihren.

„Das war wundervoll. *Grazie, cara mia.*"

Ama versank in seiner Umarmung. „Du, die Musik und dieser wunderschöne Ort. Ich bin im Himmel."

Sie spürte, wie seine Arme sich stärker um sie schlangen. „Da bin ich froh, *piccola*."

Ama verweilte noch einen Augenblick in seinen Armen, dann knurrte ihr der Magen und sie lachten beide. „Ich habe gar nicht gemerkt, wie spät es schon ist. Ich wollte uns was zum Abendessen machen."

„Kochen wir doch gemeinsam."

SIE GINGEN IN DIE KÜCHE, die Ama mittlerweile liebte. Unverputzte Ziegelmauern und altmodisches Inventar ließen nicht vermuten, dass die Ausstattung der Küche hochmodern war. Sie öffnete den riesigen Kühlschrank. „Es ist zu heiß für ein Curry", sagte sie und grinste, als er ganz enttäuscht dreinblickte. Seit er sie kennengelernt hatte, hatte Enda eine Sucht nach würzigen Gerichten entwickelt. „Na gut, ich denke, ich kann ein leichtes Gemüsecurry machen und wir können Salat und Roti dazu essen?"

Enda grinste. „Das hört sich super an ... aber vielleicht hast du recht mit der Hitze. Vielleicht essen wir heute etwas Leichteres?"

Ama lachte. „Wir sind so spießig." Sie blickte wieder in den Kühlschrank und traf eine Entscheidung. „Gemüsepfanne?"

Enda nickte. „Hört sich super an."

SIE AßEN AUF DER TERRASSE, von der aus sie einen Blick auf die Bucht von Neapel hatten, und Enda legte dabei seine Hand auf ihren Oberschenkel. Ama dachte darüber nach, was Inca an diesem Tag zu ihr gesagt hatte. „Ist es nicht seltsam, dass alles möglich erscheint, wenn man die richtige Person kennenlernt?", sagte sie nun zu Enda.

„Ich weiß genau, was du meinst. Ich denke immer noch an diesen Tag zurück. An deinen Hochzeitstag. Vielleicht hältst du mich für die Sorte Mann, die so etwas ständig tut, aber so ist es nicht. Es ist einfach nur alles zusammengekommen und ich habe gedacht, was soll's? Du hast so traurig ausgesehen, *Piccola*. Das hat mich tief drin gerührt." Er berührte seine Brust. „Ich hatte das Gefühl, ich würde nicht atmen können, bis ich dich nicht geküsst hätte."

Ama war gerührt. „Mir ging es genauso." Sie grinste verschmitzt. „Ich habe heute mit Inca geredet ... sie war ziemlich wild, als sie noch jünger war. Nicht, dass sie jetzt alt ist, aber du weißt schon, was ich meine."

Enda grinste. „Das weiß ich."

Ama betrachtete ihn eingehend. „Du weißt Bescheid? Über?"

„Über die drei? Jep. Damals war das ein richtiger Skandal. Nun ja, nicht wirklich Skandal ... nicht, wie es das in den Staaten vielleicht gewesen wäre."

Sie streichelte ihm über das Haar. „Ich glaube, ich wäre zu eifersüchtig, um dich mit jemandem zu teilen."

Enda küsste sie. „Ja, mein Ding ist das auch nicht."

„Und was dann? Weißt du, ich würde mit dir alles ausprobieren. Alles."

Enda wischte seinen Mund mit der Serviette ab und betrachtete sie, ein Grinsen auf dem schönen Gesicht. „Okay ... hier ist eine Herausforderung: Lass mich dich an einem Ort ficken, an dem wir erwischt werden können."

Ama kicherte und ein angenehmer Schauer durchfuhr sie. „Wie zum Beispiel?"

„Wir haben ja diese Woche noch die Benefizgala in der Stadt. Wir könnten uns hinter einer Säule verstecken und loslegen."

Ama dachte kurz nach und streckte dann ihre Hand aus. „Herausforderung angenommen."

Enda lachte. „Ein Teil von mir wünscht sich sogar, dass sie uns erwischen."

„Weißt du was", sagte Ama und grinste breit, „ein Teil von mir auch."

JACKSON GALLO NAHM den Hörer ab. „Sag mir, dass du meine Frau gefunden hast."

Sein Detektiv Larry kicherte. „Und wie. Sie sind in Sorrento, genau wie du vermutet hast. Sie haben eine Villa – ist ziemlich gut überwacht, aber beide gehen oft genug aus. Deine Frau hat heute mit einer anderen Frau zu Mittag gegessen. Einer anderen Inderin? Vielleicht ihre Schwester?"

„Nein, ihre Schwester ist immer noch in den USA. Das muss Inca sein, die Frau von Raffaelo Winter. Waren sie unbewacht?"

„Soweit ich das erkennen konnte. Soll ich sie töten?"

„Nein", sagte Jackson bestimmt. „Wenn schon jemand meine Frau umbringt, dann bin das diesmal ich. Die Winter-Frau ... vielleicht. Bei ihr kannst du das Gleiche abziehen wie bei Penelope. Aber noch nicht gleich. Ich will, dass alle Puzzleteile gelegt sind, bevor ich zum Gnadenstoß ansetze. Was ich mit ihnen vorhabe ... sie werden es überhaupt nicht kommen sehen. Ich will meine Frau nicht nur umbringen. Ich will sie zerstören, sie und meinen Bastard von einem Bruder und alle, die sie lieben, bevor ich schließlich Ama umbringe. Ich kann auf den richtigen Moment warten."

Er gab Larry noch ein paar letzte Anweisungen, sie weiterhin zu beobachten und Bericht zu erstatten. Als er auflegte, lächelte er in sich hinein. Was er vorhatte, war nicht einfach ein Mord.

Es war ein Gemetzel.

AMA LAG IN ENDAS ARMEN, während er schlief. Es war schon nach Mitternacht, aber sie konnte immer noch nicht einschlafen. Sie fragte sich, was sie wohl so umtrieb, und konnte einfach keinen Grund festmachen. In ihr veränderte sich etwas und sie verstand nicht, ob es körperlich oder emotional oder ... *was war es bloß?*, dachte sie frustriert, aber sie fand keine Antwort darauf. Sie blickte versonnen Endas schlafendes Gesicht an. Er sah in diesem Zustand so viel jünger, weniger gestresst und burschenhafter aus. *Ich liebe dich, so sehr*, dachte sie, während sie ihn anblickte. *Ich kann mir kein Leben ohne dich vorstellen.*

Beim Gedanken, ohne ihn leben zu müssen, wurde ihr schlecht, und sanft löste sie sich aus seiner Umarmung und ging ins Bad. Die

Übelkeit verging wieder und sie putzte sich noch einmal die Zähne, wobei sie sich im Spiegel betrachtete. Irgendetwas an ihr war anders. Ihr Gesicht sah voller aus, ihre Augen leuchteten, ihr Haar hing voll und glänzend über ihren Rücken. Ihre Brüste schienen größer zu sein und ihr Bauch wölbte sich leicht nach außen. Lag es einfach daran, dass sie sich endlich als sexuelles Wesen anerkannte? Dass sie selbstbewusster war? *Vielleicht*, dachte Ama sich.

„Hey, ist alles in Ordnung?" Enda war aufgewacht und stand nun nackt im Türrahmen, die Augen noch ganz verschlafen, die dunkeln Locken wild zerzaust. Er sah einfach goldig aus.

Ama grinste und ging auf ihn zu, drängte ihren nackten Körper an ihn und spürte, wie sein Prügel zum Leben erwachte. Sie strich mit ihren Lippen über die seinen. „Fick mich, Enda ... fick mich *hart* ..."

Sie erschrak und wurde gleichzeitig geil, als er sie schroff an die Wand drückte und sie ohne Zärtlichkeit küsste. Er schob ihre Beine mit seinem Fuß auseinander. „Spreiz sie weit für mich, mein Weib."

Sie gehorchte ihm grinsend und sein Schwanz, riesig und geschwollen, rammte sich tief in sie hinein. Seine Finger bohrten sich in ihre Haut, während seine Zähne das Gleiche mit ihrer Schulter taten. Sie keuchte vor Schmerz auf, kratzte ihm aber mit ihren Nägeln über den Rücken und nahm ihn immer tiefer in sich auf. Er stürzte sie auf den Boden und drückte ihre Knie an ihre Brust, rammte sich so hart er konnte in sie hinein, beinahe schon gewalttätig. Ama schrie ihre Lust aus sich heraus, rief wieder und wieder seinen Namen, flehte ihn an, es ihr härter zu besorgen. Er donnerte ihre Hände auf den kühlen Fliesenboden, knurrte vor Verlangen nach ihr, pflügte sie mit seinem dicken Schwanz immer tiefer und schneller, bis sie ungehemmt kam und ihr ganzer Körper in Zuckungen verfiel. Enda zog seinen Schwanz heraus und spritzte auf ihre Haut, sahnige Wichse verteilte sich auf ihrem Bauch und ihren Brüsten. Sein Daumen vergrub sich in ihrem Nabel und er fingerte sie, während er in ihre Nippel biss und seine Lippen dann so fest auf ihre presste, bis sie Blut schmeckte.

Es war wild und animalisch und sie rissen sich in Stücke,

während sie fickten. Enda fischte eine Flasche Gleitgel aus dem Badschrank und rammte sich dann in ihren perfekten Arsch, wobei er ihre Beine über seine Schulter legte. „Himmel du bist so verdammt schön, Ama, ich könnte dich den Rest meines Lebens einfach wieder und wieder und wieder ... ficken ...“

Ama kam schnell, erbebte und schauerte. „Enda ... bitte ... nagel mich auf den Boden ... Fick mich überall ...“

Und das tat er auch. Die ganze Nacht lang fickten sie in jedem Zimmer der Villa, selbst in der Besenkammer. Ama setzte sich auf die Waschmaschine, während Enda wieder und wieder in sie hineinstieß.

Als der Morgen dämmerte, waren sie befriedigt und erschöpft. Diesmal fiel es Ama kein bisschen schwer, einzuschlafen.

IN DIESER SELBEN Nacht fand auch Raffaelo Winter kaum schlaf. Aus irgendeinem Grund, obwohl er und Inca sich wie immer geliebt hatten – wild und leidenschaftlich –, hatte etwas an ihm genagt, als sie eingeschlafen war.

Er stand aus dem Bett auf und holte sich ein Glas Wasser, während er aus dem Fenster über die Bucht blickte. Die Lichter der Boote in der Bucht wiegten sich sanft, und die Nacht war still und ruhig.

Aber er spürte etwas. Etwas stand ihnen bevor. Etwas lauerte in den Schatten und wartete. Beobachtete sie. Er trank sein Glas leer und ging wieder ins Schlafzimmer. Einen langen Augenblick lang stand er in der Tür und sah seiner Frau beim Schlafen zu. Ihr langes, dunkles Haar war auf dem Kissen ausgebreitet, ihre dunklen, dicken Wimpern lagen auf ihren zarten Wangen. Ihre Schönheit hatte ihn schon immer schwach gemacht. Die letzten zehn Jahre mit ihr hatten ihn glücklicher gemacht, als er es sich je hätte vorstellen können.

Und dennoch ...

Er hatte immer Angst, dass jemand sie ihm wegnehmen würde. Inca hatte so viele Angriffe auf ihr Leben überlebt – beide Angreifer waren Gott sei Dank nun tot – aber er wartete immer angespannt auf den nächsten Angriff. Ihre Schönheit lockte Bewunderer und Besessene an.

Nun dachte er auch an seine Freunde. Enda und Ama hatten sich mühelos in ihr Leben in Italien eingefügt, aber die Frau, in die sein Freund sich verliebt hatte, war Inca zu ähnlich für Raffaelos Geschmack. Jackson Gallo war immer noch am Leben und plante mit Sicherheit einen Rachefeldzug. Und wer wusste, wer ihm alles dabei im Weg stehen würde?

Ja, dachte Raffaelo düster. Es steht uns noch etwas bevor.

Und ich weiß genau ... das heißt nichts Gutes ...

SAN FRANCISCO

SELIMA RAI NAHM ihr Handy ab und sah, dass ihre Schwester sie anrief. Sie warf einen flüchtigen Blick auf den schlafenden Mann neben sich und schlüpfte sanft aus dem Bett. Sie ging ins Schlafzimmer, schlüpfte in Chases T-Shirt und nahm dann ab, „hey, Sis."

„Hey, ich habe dich nicht aufgeweckt, oder?"

„Nein, gar nicht."

„Warum flüsterst du?" Ama klang amüsiert und Selima kicherte. „Nebenan schläft ein heißer Typ."

„Oh, gute Arbeit." Ama lachte. „Tut mir leid, dass ich so früh anrufe. Ich vergesse immer das mit der Zeitverschiebung."

„Ist mir egal. Ich freue mich, deine Stimme zu hören. Wie geht's dir?"

„Mehr als gut. Wie läuft dein Studium?"

Selima studierte für ihren Master in Kriminologie und es gefiel ihr ausgesprochen gut, obwohl sie hart dafür arbeiten musste. „Gut, meine Liebe, wirklich. Ich mag meine Lehrer wirklich gerne; mittlerweile sind sie eher wie Freunde für mich."

„Du Streber."

Selima lachte. „Weißt du Bescheid. Ach, Ama, ich vermisse dich so sehr."

„Oh, ich dich auch, Liebes. So sehr. Versprich mir, dass du nach Italien kommst, wenn dein Semester zu Ende ist?"

Selima lächelte am anderen Ende der Leitung. „Das brauchst du mir nicht zweimal sagen."

Ama zögerte auf einmal. „Wie läuft es mit der Bewachung?"

Selimas Lächeln verschwand. „Ganz gut soweit. Sie sind sehr diskret, aber trotzdem ... Ich würde mich lieber nicht auf sie verlassen müssen. Ich habe jetzt Chase."

„Aha, Chase also? Nun, wahrscheinlich hat er nicht immer eine abschussbereite Knarre dabei, also ist die Bewachung weiterhin Pflicht. Tut mir leid, Sis", kicherte Ama. „Aber erzähl mir mehr von Chase."

Später, als Chase aufstand und verschlafen ins Bad tapste, um zu duschen, dachte Selima darüber nach, was ihre Schwester gesagt hatte. Selima war überglücklich, dass Ama sich von Jackson Gallo getrennt hatte. Der Kerl war ein Widerling, der sie schon angemacht hatte, als er bereits mit Ama verlobt gewesen war. Aber die Folgen der Trennung hatten Selimas Leben in Los Angeles ganz schön durcheinander gebracht. Jackson Gallos Drohungen an Selima hatten sie schockiert, aber seine offenbare Wut und Besessenheit von ihrer Schwester machten ihr noch mehr Sorgen. Sie bezweifelte nicht im Geringsten, dass Jackson Amalia wehtun würde, wenn er die Gelegenheit bekam, und obwohl Selima froh darüber war, dass Ama bei Enda war, kannte sie Enda nun auch nicht genug, um zu wissen, ob ihm ihre Schwester anvertraut werden konnte. Ihr wurde schlecht bei dem Gedanken, Ama könne etwas zustoßen.

Chase kam in die Küche und mopste ein Stück Toast von ihrem Teller. Sie hatte ihn erst vor Kurzem kennengelernt. Er war von einem College in Minnesota zu ihnen gekommen und war auf eine warme und natürliche Art charmant, die sie begeisterte. Er hatte sie vom anderen Ende des Vorlesungssaales angegrinst und obwohl sie versucht hatte, cool zu tun, hatte sie sofort Schmetterlinge im Bauch bekommen. Es stellte sich heraus, dass er mit einem ihrer Freunde befreundet war, und als sie einmal mit der ganzen Gruppe ausgegangen waren, hatten sie miteinander geredet. Seitdem hatte er jede Nacht bei ihr geschlafen.

Er beugte sich vor, um sie zu küssen, wobei er nach Toast und Zahnpasta schmeckte. Sie rümpfte die Nase. „Igitt."

Chase lachte und es donnerte tief aus seiner breiten Brust. Er war unglaublich hoch gewachsen – fast zwei Meter zwanzig –, hatte wirres blondes Haar, große, blaue Augen und ein gut gelauntes Lächeln. „Das hört ein Mann doch gerne, wenn er sein Mädchen küsst."

Selima grinste. „Wer hat gesagt, dass ich dein Mädchen bin?"

„Ich. Und ich meine das nicht wie ein Höhlenmensch, uga uga, der dir gleich eine über den Kopf zieht und dich dann in seine Höhle verschleppt. Ich meine damit, dass du mein Lieblingsmädchen bist, das ist alles."

„Das ist süß. Danke. Und der Kuss war auch schön."

„Oh, das weiß ich." Er war frech, selbstbewusst und gefestigt in seiner Männlichkeit. Das liebte Selima an ihm. Dieser Mann hatte keine Angst vor einer starken Frau. „Und nun", sagte er, trat an sie heran und hob sie auf den Tisch, „brauche ich ein gesundes Frühstück." Er öffnete ihren seidenen Morgenmantel und blickte sich um. „A-ha." Er schnappte sich eine Flasche Ahornsirup und Selima kicherte, als er ihn ihr über die Brüste goss und dann ableckte. „Lehn dich zurück, Liebling."

Sie gehorchte und er lächelte zu ihr herab, träufelte den Sirup über ihren Bauch, sodass er in ihrem Nabel zusammenlief, und hörte kurz vor ihrer Spalte auf, da er wusste, dass Zucker dort nichts zu suchen hatte. Er sank auf die Knie und leckte genüsslich von ihrem Nabel bis zu ihrer Spalte herab und schob dann ihre Beine auseinander, damit er sie besser schmecken konnte. Seine Zunge umspielte ihre Klit und Selima stöhnte leicht auf. „Entspann dich einfach, Baby. Lass Chase das machen."

Wie er sie mit seinem Mund liebkoste, brachte sie fast um den Verstand, und als er sich aufrichtete und seinen Schwanz aus seiner Jeans befreite, vergoss sie fast eine Träne, so gut fühlte es sich an, wie er in ihrer roten, geschwollenen Spalte verschwand. „Oh Gott, ja, Chase, härter ...“

Grinsend fickte er sie fachmännisch, sodass sie keuchte, um Luft rang und sich vom Tisch aufbäumte, als sie kam. Chase stöhnte auch und schleuderte seinen Samen tief in sie hinein, nahm sie dann in die Arme und küsste sie. „Himmel, Baby, wo bist du mein Leben lang bloß gewesen?“

Selima erwiderte seinen Kuss. „Sag mir einfach, dass wir das jeden Tag machen können.“

Chase grinste. „Kein Problem ... obwohl wir dann *ziemlich* viel Ahornsirup verbrauchen werden.“

Sɪᴇ sᴛʀᴀʜʟᴛᴇ ɪᴍᴍᴇʀ ɴᴏᴄʜ, als sie später in den Unterricht ging, und sah daher nicht einmal den Mann, der sie beschattete.

Eɴᴅᴀ ᴜɴᴅ Rᴀꜰꜰᴀᴇʟᴏ trafen kurz vor ihrem Kunden im Restaurant ein und saßen plaudernd am Tisch, als er ankam. Roger Fallwell war ein amerikanischer Immobilienmakler, der mit allen namhaften Immobilienbesitzern der Welt in Kontakt stand, aber Enda und Raff waren überrascht gewesen, als er sie angerufen hatte, um mit ihnen über ihr Projekt zu reden. Er hatte sie an diesem Tag um ein Uhr mittags treffen wollen und ließ keine Terminänderung zu, was sie schon einmal rätselhaft fanden.

„Vielleicht ist er nur einen Tag in der Stadt? Wie hat er überhaupt davon gehört?“, fragte Enda sich nun und Raff schüttelte den Kopf. „Keine Ahnung.“

Enda zuckte mit den Schultern. „Nun ja.“

Raff grinste. „Du bist in letzter Zeit so entspannt, mein Bruder.“

Enda kicherte. „Ama“, sagte er und nichts weiter und Raff lächelte.

„Schon kapiert.“

Enda grinste in sich hinein. Gestern Abend war die Benefizgala gewesen, über die sie geredet hatten, und er hatte tatsächlich Ama etwas ab vom Schuss durchgefickt, wo jederzeit jemand hätte vorbeikommen und sie erwischen können. Es war nicht so geschehen, aber es war trotzdem ausgesprochen aufregend gewesen.

Zu HAUSE ÜBTE Ama gerade immer wieder ein Klavierstück, das sie selbst geschrieben hatte, als ihr Telefon klingelte. „Ama?"

Es war Christina, ihre beste Freundin. Ama war überglücklich, aber Christinas Stimme zitterte. „Chrissy, was ist los?"

„Ich bin mir nicht sicher ... jemand ist heute Morgen in mein Haus eingebrochen. Ich war gerade im Supermarkt Milch kaufen. Sie haben eine Nachricht für mich hinterlassen."

Amas Herz fing an, schneller zu schlagen. „Chrissy, ist alles in Ordnung? Bist du verletzt?"

„Nein ... nein, ich bin nicht verletzt. Ich glaube, es geht gar nicht um mich. Ama, die Nachricht war mit Blut auf meine Wand geschmiert. Da stand ... ‚Sag ihr, *alle*, bis sie als Einzige übrig ist.' Süße, ich glaube ..."

„... es ist Jackson. Chrissy, ich will, dass du deine Sachen packst und *sofort* von dort verschwindest. Hast du die Polizei gerufen?"

„Das habe ich. Ein Polizist ist hier. Ich habe ihnen gesagt, was ich dir gesagt habe, und sie denken das Gleiche – ich muss erst mal weg von hier. Schätzchen ... da ist noch was. Im Konservatorium hat es gebrannt. Niemand wurde verletzt, aber ein riesiger Schaden wurde angerichtet."

Amas Knie gaben nach und sie sank auf den Boden, rang nach Luft. Ihre Brust fühlte sich an, als stecke sie in einem Schraubstock. „Chrissy ... meine Schwester ..."

„Daran habe ich bereits gedacht. Die Polizei ist schon auf dem Weg zu ihrer Wohnung."

„Danke. Danke. Chrissy, verschwinde sofort von dort."

„Das werde ich, versprochen. Bleiben wir in Kontakt, Ama, bitte. Sei vorsichtig."

„Du auch. Ich liebe dich."

. . .

ROGER FALLWELL SAH VERSCHWITZT und blass aus, als sie einander die Hand gaben, und Enda bemerkte, dass er zitterte. Würde er einen Herzinfarkt erleiden? „Geht es Ihnen gut, Mr. Fallwell?"

Fallwell schloss die Augen und murmelte in sich hinein. „Ich kann das nicht. Ich kann das nicht ..."

Enda und Raffaelo blickten sich besorgt an. Raff räusperte sich und winkte dem Kellner. „Können wir bitte einen Krug mit Eiswasser bestellen? Unser Gast fühlt sich nicht wohl."

Fallwell schüttelte den Kopf. „Nein, ist schon in Ordnung, mir geht es ... oh Gott, oh Gott ..."

Und zu ihrem großen Erstaunen fing Roger Fallwell an zu schluchzen.

INCA BEFAND sich in ihrem Lieblingsteehaus in der Stadt, in dem, das sie zusammen mit Raff eröffnet hatte, kurz nachdem sie sich verlobt hatten. Mit einem Teezimmer auf der ersten Etage, von dem aus man einen Blick auf die Bucht hatte, war es immer gut besucht, und Inca half gerne so viel aus, wie sie nur konnte. Dann fühlte sie sich weniger wie eine Prinzessin auf der Erbse. Das Personal und die Kunden liebten sie, und sie liebte es, Zeit dort zu verbringen. Sie hatte dort auch ihr Italienisch maßgeblich verbessert und mittlerweile fiel es ihr leicht, mit den Leuten ein Pläuschchen zu halten. Sie sagte oft zu Raff, dass sie sich jetzt eher wie eine Italienerin als wie eine Amerikanerin fühlte, und sie wusste, dass ihn das freute.

Heute war das obere Teezimmer rappelvoll, aber im unteren Raum war es ruhig und kühl. Inca nutzte die Gelegenheit, um nach unten zu gehen und sauber zu machen. Sie sah nicht, wie die zwei Männer hinter ihr das Café betraten, bis der eine sich räusperte. Sie waren leger gekleidet und lächelten freundlich, und sie erwiderte das Lächeln. „Hey, Jungs, kommt rein. Wir haben noch jede Menge Platz, oben sowie unten. Ich bin Inca, also wenn ihr noch irgendetwas braucht, dann meldet euch einfach."

Die beiden Männer blickten sich an und einen Augenblick lang fragte Inca sich, ob sie sie verstanden hatten.

Dann packte der Größere von beiden sie so schnell, dass sie kaum reagieren konnte, drückte seine riesige Hand auf ihren Mund und hielt sie mit Leichtigkeit mit seinem anderen muskulösen Arm fest. Ohne zu zögern trat der andere Mann vor.

Entsetzt sah Inca nur ein kurzes Blitzen der Klinge, bevor der Mann das Messer wieder und wieder in ihren Bauch jagte.

Die Schmerzen waren unvorstellbar.

ENDA VERSUCHTE, ihren Gast zu beruhigen. „Sir, ich bitte Sie ... was ist los?"

Fallwell keuchte und schluckte und beruhigte sich schließlich. „Er hat meine Frau und meine vierjährige Tochter. Er hat mir gesagt, er würde sie umbringen, wenn ich Sie beide nicht heute um diese Uhrzeit hierherbrächte. Sie beide."

Sowohl Enda als auch Raff wussten sofort Bescheid. *Jackson.* Raff beugte sich vor. „Was will er, Roger? Warum sollten Sie uns heute hierherbringen?"

Roger blickte Raff mit traurigen Augen an. „Es tut mir so leid, Mr. Winter ... er wollte, dass niemand sie beschützt."

Raff wurde blass. „Nein ... *nein* ... nicht Inca ..."

Roger fing wieder an, zu schluchzen, und nickte. „Und Mr. Gallo, er hat mir gesagt, Ihnen zu sagen ... das war es. Jetzt sterben alle, auch Amalia."

STELLA, die Barfrau des Teehauses, hörte den Schrei aus dem Erdgeschoss und rannte nach unten. Zunächst sah sie nur die schockierte Touristin, die in der Tür stand, ihre Hände vor dem Mund, während sie auf den Boden starrte. Als Stella um die Ecke ging, blieb ihr fast das Herz stehen.

Inca lag auf dem Boden mit geschlossenen Augen und Blut durchweichte ihr ganzes Kleid. Dunkle Messereinstiche waren auf ihrem Bauch erkennbar. Sie atmete schwer und stockend und als Stella auf die Knie sank, öffnete Inca die Augen. In ihnen sah sie

Verwirrung, Fassungslosigkeit und Höllenqual. Auf dem Boden neben ihr lag ein tödlich aussehendes Messer, völlig blutverschmiert. Die Touristin weinte, aber sie telefonierte gerade mit dem Notdienst.

„Oh, *mio Dio, mio Dio.*" Panisch drückte Stella sanft ihren Finger an Incas Hals. Der Puls ging schwach und wurde nur noch schwächer.

Inca machte ein seltsames Geräusch, als ringe sie um Atem, dann schlossen sich ihre Augen und ihr Kopf fiel zur Seite. Stella wusste es sofort.

Inca starb gerade.

Da fing auch Stella an, um Hilfe zu rufen.

RAFF WAR in Sekundenschnelle aus dem Restaurant draußen, sein Gesicht fahl vor Angst, sein Telefon am Ohr. Enda folge ihm und versuchte, Ama anzurufen, aber das Telefon war belegt. Als er Raff erreichte, telefonierte der andere Mann gerade mit jemandem. Er blickte Enda an und aus seinen grünen Augen sprach tiefste Trauer.

„Oh Gott, nein, bitte ... ja, ja. Nein, ich komme sofort ... Himmel, bitte, Stella ... sag mir, dass sie noch atmet ... Gott sei Dank ... ich bin unterwegs."

Er wandte sich an Enda, der immer noch versuchte, Ama anzurufen. „Inca ist niedergestochen worden. Es sieht nicht gut aus, Enda. Es sieht gar nicht gut aus ... oh Gott ... ich muss los. Fahr *sofort* zu Ama. Das ist Jacksons Werk. Ich weiß es einfach."

ENDA FUHR wie von der Tarantel gestochen zur Villa und konnte Ama immer noch nicht auf dem Handy erreichen. Als das Auto mit quietschenden Bremsen vor dem Haus zum Stillstand kam, konnte er sehen, wie das Sicherheitsteam aufgehetzt über das Gelände rannte, und erst, als Ama aus dem Haus stürzte und sich ihm in die Arme warf, offensichtlich gesund und munter, konnte er wieder ruhig atmen.

Aber Ama war ganz hysterisch und erst konnte er nicht verstehen, was sie ihm da sagte.

„Baby, beruhige dich. Sag es mir. Beruhige dich …"

„Er hat sie, Enda … er hat meine *Schwester* …"

Oh Gott … *Selima* … Enda war erschüttert über die Größe von Jacksons Racheplan. Erst Inca und nun noch Selima.

„Was will er nur?"

Ama sah aus, als würde sie gleich in Ohnmacht fallen. „Mich. Er hat mir gesagt, er würde sie umbringen, wenn ich nicht zu ihm komme."

„Nein … nein … das lasse ich nicht zu."

„Enda, ich habe keine Wahl. Meinst du wirklich, er wird es nicht durchziehen, wenn ich nicht auf ihn eingehe?"

Enda schloss seine Augen und dachte an Inca. *Nein … Jackson würde Selima umbringen, ohne zu zögern.*

Genau wie er ohne Zweifel Ama ermorden würde, wenn sie zu ihm ging.

Es KONNTE kein gutes Ende geben …

AMA SAß auf dem kalten Fliesenboden des Badezimmers und hatte den Kopf in die Hände gestützt. Zum Glück war die Übelkeit, die sie in der Nacht so plötzlich überkommen war, wieder vorübergegangen. Enda hob ihren Kopf sanft an und drückte einen kühlen Waschlappen an ihre glühende Stirn. Ihre Augen waren ganz verquollen vom Schlafmangel, aber Enda war besorgt wegen der Verzweiflung, die aus ihnen sprach.

Jackson hatte Selima entführt und hatte Killer auf Inca angesetzt, die im örtlichen Krankenhaus um ihr Leben kämpfte, nachdem zwei von Jacksons Männern sie brutal niedergestochen und dem Tod überlassen hatten.

Am Telefon hatte Raff mit Grabesstimme mit ihm gesprochen.

„Sie operieren sie immer noch … sie sagen, sie hat neun Stichwunden

... oh Gott ... Ich hatte gedacht, dass dieses Kapitel unseres Lebens hinter uns liegt. Ich weiß nicht, ob sie es schaffen wird, Enda. Ich weiß es wirklich nicht." Er klang am Boden zerstört.

Sie wird sterben ... Enda verdrängte den Gedanken. *Komm schon, Inks ... du kannst das überleben ... du musst einfach.*

Als er Ama von Inca erzählt hatte, kurz nachdem sie von Selimas Entführung gehört hatte, war sie zusammengebrochen, hatte geschrien und untröstlich geschluchzt.

Enda wusste, dass sie sich selbst die Schuld gab, aber er machte sich im Moment mehr Sorgen um ihre Stille als um ihre Schreie.

Die Polizei hatte sie angewiesen, sich nicht vom Fleck zu rühren, während sie Olivier kontaktierten, und eine Stunde später hatte Olivier sie angerufen.

„Offensichtlich plant er das schon seit Monaten", sagte Olivier und klang genauso verzweifelt wie sie alle. „Er hat seine Konten geleert und fast alles aus dem Haus verkauft. Als sie heute Abend dorthin sind, stand es in Flammen. Es war völlig ausgenommen ... das Haus ist weg, Alter. Alle Sachen von Dad. Enda, er hat jetzt unendlich viel Geld. Er kann sich überall auf der Welt verstecken und er wird nicht ruhen, bevor er Ama nicht zwischen die Finger kriegt."

„Das wird nicht passieren", sagte Enda fest entschlossen. „Er wird sie umbringen, sobald sie vor ihm steht."

„Das denke ich auch. Hört mal, ich schlage euch vor, dass ihr einfach dort bleibt. Hier ist es zu gefährlich, obwohl ich nicht einmal glaube, dass Jackson noch in den Staaten ist. Er ist untergetaucht. Irgendjemand muss ihn irgendwo gesehen haben, nicht wahr? Ich habe schon ein Team losgeschickt, das sich in ganz Kalifornien umhören soll."

Enda seufzte. „Gut. Ich werde hier das Gleiche tun. Hör mal, Tommaso Winter hat das Gleiche gesagt. Wir müssen uns auf der ganzen Welt umsehen. Er hat mit Raffaelo gesprochen – du kannst dir wohl vorstellen, was er gesagt hat."

„Wie geht es Inca?" Oliviers Stimme war sanft; er liebte Inca genauso sehr wie alle anderen auch.

„Schlecht, Bruder. Wirklich schlecht. Himmel, der arme Raff."

„Was ist das jetzt? Der vierte oder fünfte Mordversuch? Das ist zu viel für einen Menschen."

Enda versuchte, die Tränen in seinen Augen nicht über seine Wangen laufen zu lassen. Er drückte seine Lider mit den Fingern zu. „Hoffentlich können wir auch später noch von einem Mord*versuch* reden. Raff wird es nicht überleben, wenn Inca stirbt."

Am anderen Ende der Leitung herrschte einen Augenblick lang Totenstille. „Enda ... wenn wir Jackson finden ..." Olivier zögerte und seufzte dann. „Du weißt schon, was ich sagen werde."

„Ja", sagte Enda mit fester Stimme. „Und um deine Frage zu beantworten ... ja. Ich will diesen Wichser tot sehen. Ich weiß, dass er dein Bruder ist, aber ..."

„Er ist nicht mehr mein Bruder", sagte Olivier. „Ob er lebt oder stirbt, für mich ist er gestorben."

Enda hörte an Oliviers Stimme, dass es ihm das Herz brach, und verspürte eine schwerwiegende Verantwortung. Sein älterer Bruder war immer ein Friedensstifter gewesen – der Streitschlichter. Enda fand es schrecklich, dass er alleine in San Francisco war und mit alledem fertig werden musste. „Komm nach Italien", sagte er. „Sei bei uns."

Olivier lachte kurz und traurig auf. „Glaube mir, nichts täte ich lieber ... aber irgendjemand muss hier bleiben. Außerdem könnte Selimas Freund uns noch wichtige Informationen liefern."

Chase, seit Kurzem Selimas Freund, war bei Selimas Entführung angeschossen und lebensgefährlich verletzt worden. Er hatte versucht, seine Freundin zu verteidigen, und eine Kugel in die Brust abbekommen.

„Verdammt", sagte Enda. „Was für ein Chaos."

Olivier seufzte. „Ja ... und momentan fällt mir nicht einmal ein, wie es noch schlimmer werden könnte."

EINE WOCHE später hatte sich nichts verändert. Ama starrte aus dem Fenster auf die schweren Sicherheitsvorkehrungen, die für die Villa getroffen worden waren, und fühlte sich wie eine Gefangene. Nicht nur hier in Italien – sie fühlte sich wie eine Gefangene Jacksons. Er hatte sie nach diesem ersten Telefonat nicht mehr kontaktiert, in dem er so triumphierend geklungen hatte.

„Ich habe dir doch gesagt, dass ich keine Grenzen kennen würde, wenn du mir Schwierigkeiten machen würdest, Amalia ... jetzt sag schön deiner kleinen Schwester Hallo."

Selimas Schluchzen und ihre schmerzerfüllten Schreie waren erklungen, während Jackson ihr offensichtlich große Gewalt antat, wo auch immer er sie festhielt. Ama hatte Jackson angebrüllt, aber er hatte sie nur ausgelacht und ihr gesagt, sie solle auf seinen nächsten Anruf warten.

Eine Woche. In der er weiß Gott was mit Selima anstellte ... *verdammt.*

Sie machte sich auf die Suche nach Enda, der mit Tommaso Winter und den Sicherheitschefs in seinem Büro saß.

Sie nickte Tommaso zu. Er sah verzweifelt aus. Inca lag im Koma, und ihr Leben hing immer noch am seidenen Faden, und Ama wusste, dass Tommaso versuchte, sich zusammenzureißen und seinem Bruder eine Stütze zu sein, während Inca darum kämpfte, wieder gesund zu werden. Tommaso lächelte sie mit müden Augen an. Ama berührte sanft Endas Arm.

„Baby, kann ich kurz mit dir reden?"

Enda nickte und folgte ihr aus dem Zimmer. Sie führte ihn in ihr Schlafzimmer und schloss die Tür. Enda öffnete seine Arme und sie vergrub sich in seiner Brust. Er küsste sie zärtlich. „Alles in Ordnung, *Piccola*?"

Sie schüttelte den Kopf. „Nein. Ich habe nur ein bisschen Zeit mit dir alleine gebraucht. Ich halte diese ständigen Sorgen und die Trauer nicht mehr aus. Ich glaube, ich werde noch verrückt."

Enda seufzte und umarmte sie fest. „Ich weiß."

Ama legte ihren Kopf nach hinten, um ihn wieder zu küssen. „Machen wir bitte für ein paar Minuten, dass die Welt weggeht."

„Bist du dir sicher?"

Sie nickte und seine Finger zogen sanft am Gurt ihres Wickelkleides. Er schob den Stoff von ihren Schultern und ließ das Kleid zu Boden gleiten, legte seine Hände sanft auf ihre Haut und setzte sie auf dem Bett ab. Er zog ihr Höschen herunter und stellte fest, dass sie bereits feucht genug für ihn war. „Warte nicht ab", flüsterte sie.

Enda zog sich schnell aus und legte sich auf sie. „Egal, was passiert ... ich liebe dich", sagte er leise und sie nickte mit Tränen in den Augen, während sein Glied in sie eindrang.

Sie liebten sich langsam, wiegten sich sanft, während seine Stöße immer intensiver wurden. Sie blickte einander an, als könnten sie sich nicht aneinander sattsehen, und kamen schließlich beide mild, warm und bebend. Als sie kam, schwemmte es all ihre unterdrückten Gefühle an die Oberfläche und Ama fing an heiße, stumme Tränen zu weinen.

Sie weinte sich in Endas Armen aus und endlich, endlich schlief sie ein.

RAFFAELO STRICH seiner Frau das Haar aus dem Gesicht. „Sie scheint etwas Farbe bekommen zu haben."

Bo Kennedy, die Freundin seines Bruders, konnte keine Veränderung erkennen. Sie fand es schrecklich, Inca immer noch so blass daliegen zu sehen. Ihre Haut, die für gewöhnlich honigfarben leuchtete, war nun gelb und grau, Schläuche steckten in ihren Armen und aus ihrem Hals ragte ein Beatmungsapparat.

Himmel ... wie war das bloß passiert? Wieso? Es war also der Racheplan irgendeines kranken Psychopathen, es seiner Frau zu zeigen, indem er eine Freundin von ihr umbrachte?

Bo setzte sich erschüttert in den Stuhl gegenüber von Raffaelo und nahm Incas kalte Hand. Sie konnte nicht sterben ... oder doch? Nicht nach allem, was sie bereits durchgemacht hatte, um das glückliche Leben zu bekommen, das sie nun mit Raffaelo führte.

„Wer auch immer dieser Pisser von einem Jackson Gallo ist, ich würde ihn am liebsten umbringen. Was für ein verdammter Feigling. Zwei Männer schicken, um eine wehrlose Frau zu töten? Und warum? Aus Trotz. *Dieser Wichser.*"

Raffaelo nickte, seine grünen Augen schwer und erschöpft. „Ich weiß ... das macht mich auch fertig ... diese Trotzigkeit. Inca hatte nichts mit Amas Entscheidung zu tun, Jackson zu verlassen." Er lächelte kurz. „Obwohl Inca ihm natürlich ihr Knie in die Eier gerammt hat."

Bo lächelte schwach. „Trotzdem ... sie deswegen umbringe zu lassen?"

„Leider ist Jackson genau so rachsüchtig und psychotisch. Er hat nur die Frauen angegriffen. Dieser Dummkopf hält sie doch wirklich für das schwächere Geschlecht."

Bo war aufgebracht. „Ach ja? Dann soll er sich mal mit mir anlegen, dann zeige ich es ihm."

Inca stöhnte leise auf und sie setzten sich beide aufmerksam auf. Raff beugte sich über seine Frau, während Bo den Knopf drückte, um die Krankenschwester zu rufen. „Inca? *Cara mia*? Ich bin da. Bitte öffne deine Augen. Wach auf, Baby. Ich liebe dich, bitte ..."

Er brabbelte vor sich hin und Bo brach von der Verzweiflung in seiner Stimme das Herz. Die Schwester trat ein und blickte sie fragend an. Bo kam sich auf einmal dumm vor.

„Sie hat ein Geräusch gemacht ... wir, ähm, wir dachten, dass sie vielleicht aufwacht."

Die Schwester lächelte sie verständnisvoll an. „Hoffen wir es. Entschuldigen sie, Sir. Ich möchte nur kurz nach Mrs. Winter sehen."

Raff rückte zur Seite und sah verwirrt aus. „Natürlich, Entschuldigung."

Sie tätschelte ihm freundlich den Arm. „Hoffen wir es einfach", sagte sie noch einmal. Sie holte eine kleine Taschenlampe aus ihrer Tasche und leuchtete damit in Incas Augen, prüfte dann die Maschinen, die sie am Leben erhielten, und maß ihren Blutdruck. „In Ordnung, ich hole nur schnell den Doktor und dann können wir einen Schluss ziehen."

RAFFAELO UND BO warteten ungeduldig darauf, dass der Arzt seine Untersuchung abschloss. Raff starrte Incas Hand an. Er war sich sicher, dass ihre Finger kurz die Seinen gedrückt hatten, als er sie gehalten hatte, aber er war so müde und todtraurig, dass er sich sagte, er habe es sich nur eingebildet.

Der Arzt trat einen Schritt zurück und lächelte beide an. „Mrs. Winter scheint wirklich aus ihrem Koma zu erwachen."

Die Erleichterung brach wie eine Flutwelle über Raff herein und er keuchte laut auf. Bo ging zu ihm und hielt ihn im Arm. Der Arzt klopfte ihm auf die Schulter.

„Und nun hören Sie zu, das sind gute Neuigkeiten – *sehr* gute Neuigkeiten, aber ihre Frau hat noch einen langen Weg vor sich, Mr. Winter. Einen langen Weg. Ihre Verletzungen ... Sie wissen ja, dass wir eine Niere entfernen mussten und ihre Leber angerissen war. Es besteht immer noch ein hohes Entzündungsrisiko. Die Hysterektomie wird auch ihre Spuren hinterlassen haben. Also auf lange Sicht denken. Aber das ist wirklich ein toller Schritt nach vorne." Er lächelte Raff freundlich an, der nicht vermeiden konnte, dass ihm die Tränen übers Gesicht liefen. „Sie müssen jetzt bedenken, dass es Tage oder sogar Wochen dauern könnte, bis Inca vollständig aus dem Koma erwacht. Haben Sie also Geduld. Ich komme später noch einmal zurück und führe noch ein paar Tests durch."

Bo umarmte Raff fest. „Das sind gute Neuigkeiten, Bruder. Sehr gute Neuigkeiten."

Raff nickte, traute sich aber nicht zu, zu sprechen. Er lächelte sie an und löste sich aus ihrer Umarmung, um sich neben Inca zu setzen.

„Ich rufe Tommaso an", sagte Bo sanft. „Ich will ihm die guten Neuigkeiten berichten."

Raffaelo nickte und konzentrierte sich nun völlig auf Inca. Als sie wieder alleine waren, beugte er sich zu ihr und küsste sie auf die Seite ihres Mundes, neben den Beatmungsschlauch. *„Amore mia"*, sagte er mit brechender Stimme. „Bitte komm zurück zu mir. Ich weiß nicht, wie ich in einer Welt ohne dich überleben soll. Du musst kämpfen, Inca, meine schöne Inca. Du hast das schon öfter getan. Kämpfe. Kämpfe dich zu mir zurück."

Er nahm ihre Hand und brachte sie an seine Lippen. Himmel, wenn sie erwachte ... würde er ihr erklären müssen, dass sie schon wieder von einem Psychopathen angegriffen worden war und dass der einzige Grund für diesen Angriff schiere Boshaftigkeit gewesen war. Dass sie stundenlang auf dem OP-Tisch gelegen hatte, während die Chirurgen versucht hatten, ihr das Leben zu retten.

Dass das Baby, von dem sie nicht wusste, dass sie es bekommen könnte, und das sie erst einen Monat in sich trug, in ihrem Schoß ermordet worden war. Ihr Kind. Ihr einziges Kind. Sie hatten ihnen schon vor Jahren erklärt, dass sie nie ein Kind austragen könnte, selbst wenn sie es empfangen konnte. Und jetzt würden sie nie wieder die Gelegenheit bekommen, es zu versuchen. Das Messer des Killers hatte ihre Gebärmutter durchstochen und sie hatten sie entfernen müssen. Inca würde nie wieder schwanger werden.

Mio Dio … Raff schloss die Augen und versuchte, den Schrei zu unterdrücken, der ihm in der Kehle steckte. *Nie wieder.* Es war ihm egal, ob er sie dafür auf einer Festung festhalten musste. Niemand würde sie je wieder anfassen – ihr je wieder ein Haar krümmen.

Und er, Raffaelo, würde nie wieder versagen.

AMA ERWACHTE SPÄTABENDS von lauten Stimmen, die irgendwo in der Villa erklangen. Sie zog sich ein T-Shirt und eine Jeans an und ging aus dem Zimmer, um herauszufinden, was los war. Sie betrat die Küche und sah, wie Enda sich wutentbrannt mit jemandem stritt. Als sie noch ein Stückchen weiter auf sie zuging, sah sie ihn und keuchte auf.

Ihr Vater war nach Italien gekommen. Er sah sie und kam sofort auf sie zu, das Gesicht verzerrt vor Wut. „Du. Das ist alles deine Schuld. Meine Tochter ist entführt worden und ich erfahre es aus dem Fernsehen? Das ist deine Schuld, Amalia, und …"

Er konnte seinen Satz nicht zu Ende bringe, denn Enda haute ihm wutentbrannt eine rein.

IHR ONKEL, ihr geliebter Omar, der mit Gajendra nach Italien gekommen war, legte seinen Arm um ihre Schultern und küsste sie auf die Schläfe. „Dein Vater wird sich schon noch beruhigen, Amalia. Gib ihm Zeit."

Erschöpft lehnte Amalia sich an ihn. „Ich will ihn nicht hier haben, Omar, aber ich kann dir gar nicht sagen, wie sehr ich mich freue, dich zu sehen. Ich wünschte nur ... mein Gott, Omar. Sie ist schon eine Woche lang verschwunden. Wer weiß, was sie alles durchmachen muss." Sie senkte ihre Stimme. „Omar ... ich will nicht, dass Enda das erfährt, aber wenn Jackson mich gegen sie eintauschen will, dann würde ich das sofort tun."

Ihr Onkel blickte sie schmerzerfüllt an. „Liebling, das möchten wir lieber noch nicht einmal in Betracht ziehen. Am besten überhaupt nicht. Wir werden Selima zurückbekommen. Ich habe schon mit Olivier Gallo geredet und jetzt mit Enda und seinem Freund. Zusammen können wir den ganzen Erdball nach deiner Schwester absuchen. Und das werden wir auch."

Amalia rieb sich die Augen. „Dad hat zumindest bei einer Sache recht – das ist meine Schuld. Alles ist meine Schuld. Selima, Christina ... Inca. Mein Gott." Ihr wurde übel.

Omar hielt sie noch fester im Arm und sprach leise und bestimmt zu ihr. „Das ist nicht deine Schuld. Dein Vater greift dich nur an, weil er sich ausgesprochen schuldig fühlt. Schuldig, dass er seine Töchter benutzt hat, um sein Geschäft zu retten, wenn er auch einfach zu mir hätte kommen können. Sein Stolz hat euch beide in Gefahr gebracht. Er weiß, dass deine Hochzeit mit Jackson der Auslöser war. Er hat Jacksons Besessenheit und sein Gefühl, er wäre zu allem berechtigt, gefördert."

Ama hörte seine Worte, aber sie wurde ihr schlechtes Gewissen nicht los. „Omar, kannst du bitte Dad wieder ins Hotel bringen? Ich muss mit Enda alleine sein."

Omar küsste sie auf die Wange. „Natürlich, Liebes. Wenn du irgendetwas brauchst, kannst du mich jederzeit anrufen."

. . .

ENDA SAH MÜDE AUS, aber als sie zu ihm in die Küche kam, küsste er sie und lächelte sie an. „Inca wacht langsam aus ihrem Koma auf", sagte er ihr und Ama spürte, wie ihr Herz einen Satz machte.

„Wirklich?"

„Tommaso hat gerade angerufen. Ihr Zustand ist immer noch kritisch, aber es ist schon ein Schritt in die richtige Richtung.

Ama lehnte sich an ihn. „Endlich mal gute Neuigkeiten." Am liebsten hätte sie losgeheult, aber diesmal aus Freude. Vielleicht drehte sich der Wind gerade?

„Haben sie schon etwas über Selimas Aufenthaltsort herausgefunden?"

Enda zögerte und schüttelte dann den Kopf. „Tut mir leid, Baby. Chase ist immer noch bewusstlos und das Team in Kalifornien hat kein Glück gehabt. Hör mal, wir haben heute Nacht das Haus für uns alleine. Lass uns ... nur heute Nacht entspannen und etwas Zeit miteinander verbringen. Ich weiß, dass es schwierig sein wird, aber ich mache mir Sorgen, dass wenn wir – und damit meine ich dich, *Piccola* – dieses Niveau an Stress beibehalten, wir schlechte Entscheidungen treffen. Dass wir vergessen, warum wir das hier überhaupt getan haben."

Ama schwieg und dachte über seinen Vorschlag nach. Würde sie sich in dem Wissen entspannen können, dass mit ihrer Schwester gerade Schreckliches geschah? Selbst wenn in Wirklichkeit nichts passierte – und das hielt sie für nicht sehr wahrscheinlich – geisterten ihr immer noch die Bilder dessen im Kopf herum, was Jackson ihrer Schwester antun könnte.

Aber sie blickte auf in die Augen des Mannes, für den sie alles geopfert hatte, und wusste, dass sie die gleiche Entscheidung immer wieder treffen würde. Enda hatte recht. Sie mussten ihre Verbindung wieder stärken, sich daran erinnern, dass sie gemeinsam in dieser Sache steckten und dass auf ihrer Seite mehr Menschen waren als auf Jacksons Seite.

Sie nickte zu ihm auf. „Ja, in Ordnung ... nur heute Nacht ... du und ich."

„Gut." Er küsste sie auf die Stirn. „Dann lass uns damit anfangen, dich ordentlich zu füttern. Du hast schon seit Tagen nichts Richtiges mehr gegessen."

Sie kochten gemeinsam, ein scharfes, würziges Curry, das sie jeweils mit einem kühlen Bier hinunterspülten, und setzten sich dann vor den Fernseher. Ama musste unweigerlich an ihre Schwester denken und um zehn Uhr blickte Enda sie an, las ihren Gesichtsausdruck und seufzte. „Miss Rai ... ich glaube, ich muss Sie noch mehr ablenken ..." Er stand auf und zog sie auf die Beine. Er stupste sanft mit seiner Nase die Ihre an, bevor er seine Lippen auf die Ihren drückte. „Das Haus ist leer, abgesehen von uns. Wir sind völlig alleine ... hör nur, wie still die Nacht ist."

Er führte sie ans Fenster und öffnete die Läden. Das steinerne Fensterbrett war breit genug, dass sie beide darauf Platz nehmen konnten. „Sieh nur", sagte Enda leise. Über der Bucht von Neapel stand ein Vollmond und der Vesuv warf einen langen Schatten in seinem Licht. Die Städte Neapel und Sorrento lagen unter ihnen. Die Lichter der Fischerboote wiegten sich sanft auf dem Meer und die Straßen der Stadt leuchteten in sanftem Glanz. „Es gibt nur eine Sache, die ich noch schöner finde, als diese Aussicht", sagte Enda mit tiefer, knurrender Stimme. „Und das bist du, *Piccola*. Du bist die Liebe meines Lebens und der Grund, warum ich existiere. Ich würde dich um nichts in der Welt aufgeben. Ich weiß schon, was du denkst – dass du Selimas Leben in Händen hältst. Das tust du nicht. Aber du hältst meines in den Händen, und ich deines. Es gibt kein du und ich. Es gibt nur uns. Und wir werden gemeinsam kämpfen und gewinnen."

Ama hatte Tränen in den Augen, und sie rannen ihr über die Wangen, als er seine Ansprache beendet hatte. Sie brachte kein Wort heraus. Sie konnte diesem wundervollen Mann nicht sagen, wie sehr sie ihn liebte. Stattdessen küsste sie ihn, ihren Mund hungrig auf dem Seinen. Er zog sie auf seinen Schoß und fing an, ihr langsam das Kleid von den Schultern zu streifen, bis er sich vorbeugen und einen Nippel in ihren Mund nehmen konnte. Ama seufzte und schloss die Augen, ihr war egal, ob einer der Wachmänner, die über das Anwesen liefen, sie sehen konnte. *Das ist das einzig Wichtige*, dachte sie sich. *Liebe.* Enda hob sie hoch und trug sie zur Couch, schob ihren Rock hoch und hakte seine Finger unter den Bund ihres Höschens, um es herunterzuziehen. Ama zog sich ihr Kleid über den Kopf und half ihm dann dabei, sich auszuziehen, strich mit ihren Händen über seine breiten Schultern, seine breite, muskulöse Brust und den flachen Bauch. Er legte sich über sie und suchte nach ihren Lippen.

„Ama …", murmelte er auf diese Art und Weise, von der sie immer schwach wurde, und sie schlang ihre Beine um seine Hüften, spürte, wie seine Erektion sich sanft an sie drängte, öffnete sich und nahm ihn so tief in sich auf, wie sie nur konnte. Sie wollte, ja, sie brauchte diese Verbindung.

Enda bewegte sich sanft und langsam in ihr, küsste sie, murmelte ihren Namen wieder und wieder und jagte angenehme Schauer durch ihren Körper. Ama blickte in seine grünen Augen und fragte sich, wie sie je ohne diesen Mann hatte leben können. In Momenten wie diesem konnte sie ihm glauben, dass alles in Ordnung kommen würde – dass alles wieder gut sein würde.

Er kontrollierte sich so sehr, dass ihr Orgasmus sich immer stärker aufbaute, und jedes Mal, wenn sie dachte, sie würde ihren Höhepunkt erreichen, hielt er wieder inne, bis sie vor Erregung zitterte wie Espenlaub. Als ihr Orgasmus sich schließlich entlud, schwirrte ihr der Kopf, ihre Haut vibrierte und sie sah nur noch ihn, wie er zu ihr herablächelte und stöhnte, als er seinen eigenen Höhepunkt erlebte und seinen Samen tief in ihren Bauch schoss.

„Ich liebe dich. Ich liebe dich", flüsterte sie und er lachte sanft.

„Und das war erst der Anfang …"

SIE LIEBTEN SICH, bis die Dämmerung ihre schläfrigen Finger in den Himmel streckte und schliefen dann eng umschlungen ein. Als sie erwachten, fühlte Ama sich stärker, als sie es seit Tagen getan hatte. Dann erreichte sie abends die Neuigkeit, dass Inca aufgewacht war.

· · ·

INCA WACHTE im Laufe des Nachmittages auf, und natürlich tat sie es ausgerechnet in den fünf Minuten, in denen Raff, der ununterbrochen an ihrer Seite gewacht hatte, sich eine Kaffeepause gönnte. Allein blinzelte Inca, versuchte, den Schlaf aus den Augen zu bekommen, ihre Glieder zu bewegen. Spürte, wie steif ihr Körper war und die Benommenheit, die sie als Morphin erkannte, das durch ihren Körper strömte. Es war eine ziemlich hohe Dosis, wie sie seit jeher wusste – seit dem *letzten* Mal, dass sie niedergestochen worden war. Wie hatte es bloß wieder passieren können? Hier, in ihrem geliebten Neapel, in dem sie auf nichts als Liebe gestoßen war. War es Teil eines Raubüberfalls gewesen? Irgendwie schien das nicht zu passen. Es musste persönlich sein. Sie erinnerte sich an den Mann, der sie so kaltblütig niedergestochen hatte ... er hatte ihr in die Augen geblickt, als er das Messer in sie gejagt hatte. Sie würde seinen Gesichtsausdruck nie vergessen ... Vergnügen. Er wollte *sie* umbringen. Da war Inca sich sicher. Sie war kein zufälliges Opfer.

Konnte Edgar Winter dahinterstecken, der psychotische Vater ihres Ehemannes, der bereits zweimal versucht hatte, sie umzubringen, nur um Raffaelo leiden zu lassen? Er saß nun für immer hinter Gittern für seine Verbrechen, aber er hätte mit Leichtigkeit jemanden anheuern können, der es für ihn übernahm. Aber nach all diesen Jahren? Er saß schon seit Jahren im Kittchen.

Inca bewegte sich und stöhnte dann auf vor Schmerz. Höllenqualen durchfuhren ihren Körper, aber anstatt sie verzweifeln zu lassen, machten sie sie nur wütend. Wer waren diese Leute, die entscheiden wollten, ob sie lebte oder starb? Luna, Kevin, Knox, Edgar ... zwei dieser Menschen waren tot; Kevin war, ebenso wie Edgar, im Gefängnis. Und jetzt diese beiden Arschlöcher in ihrem geliebten Teehaus ...

Die Wut setzte einen Adrenalinstoß in ihrem Körper frei und sie kämpfte sich nach oben, ignorierte die überwältigenden Schmerzen in ihrem Unterleib und packte den Beatmungsschlauch, um ihn sich herauszureißen.

Sie wurde nur davon abgehalten, dass Bo auf einmal vor ihr erschien. „Hey, hey, hey, hey ... *nein, nein, nein,* Schätzchen. Tu das nicht." Bo ließ die Kaffeetasse fallen, die sie in der Hand hielt und eilte an Incas Seite, stützte sie mit einem starken Arm und löste sanft ihre Hände von dem Schlauch. „Schwester! Kann mir bitte jemand helfen!"

Zwei Schwestern und ein Arzt eilten herein und gemeinsam gelang es ihnen, Inca zu beruhigen. Sie gestikulierte wild in Richtung des Beatmungsschlauches. Der Arzt injizierte ihr ein Beruhigungsmittel. „Mrs. Winter, wenn Sie sich beruhigen, kann ich ein paar Tests machen, und wenn Sie bereits alleine atmen können, werde ich in Betracht ziehen, den Schlauch zu entfernen. Aber Sie müssen sich beruhigen ... Ihr Unterleib erholt sich gerade von sehr gravierenden Wunden und den daraus folgenden Operationen. Wenn Sie sich eine Arterie reißen, werden Sie verbluten und sterben. Verstanden?"

Inca sah, wie Bo zusammenzuckte. Die andere Frau blickte sie wieder an und versuchte, zu lächeln. „Willkommen zurück, Liebling." Sie küsste Inca auf den Handrücken und Inca spürte ihre Tränen auf ihrer Haut. „Süße, während sie auf dich aufpassen, hole ich Raff – er holt sich nur gerade Kaffee. Ich bin gleich wieder da."

Inca nickte, während das Beruhigungsmittel langsam seine Wirkung zeigte. Der Arzt und die Schwestern führten ihre Tests durch, aber ein paar Augenblicke später konnte Inca nur noch *ihn* sehen – ihren Raffaelo. Die Erleichterung und Liebe, die ihm ins Gesicht geschrieben standen, waren überwältigend, und sie dachte, wie sie es bereits einmal getan hatte, das sein Lächeln besser wirkte als jedes Schmerzmittel der Welt.

AMA WAR NERVÖS das Krankenzimmer zu betreten und ihre Freundin so zugerichtet zu sehen. Sie hatte Inca nicht besucht, während diese im Koma gelegen hatte. Raff hatte die Besucherzahl möglichst gering halten wollen, um das Infektionsrisiko zu reduzieren, und Enda und er waren sich einig gewesen, dass es zu schlimm für Ama wäre.

Ama war überzeugt, dass Raff ihr die Schuld für den Angriff auf seine Frau gab, obwohl sowohl Enda und Tommaso ihr versicherten, dass nichts weniger der Wahrheit entsprechen könne. „Er ist bloß übervorsichtig im Moment. Obwohl ich mittlerweile finde, dass nichts übervorsichtig ist, was Inca angeht." Tommaso war beinahe genauso am Boden zerstört gewesen über den Mordversuch an Inca wie Raff und Ama fiel wieder ein, dass Tommaso Inca als Erster geliebt hatte. Sie hatte ihn umarmt. „Ich liebe sie auch", hatte sie geflüstert, und er hatte genickt und mit den Tränen gekämpft.

Sie sah Raff als erstes und er kam auf sie zu und schlang seine Arme um sie. „Sie schläft nur. Die Schmerzmittel haben sie so müde gemacht."

Ama betrat das Zimmer und versuchte, nicht vor Entsetzen aufzuschreien. Inca hatte eine Menge Gewicht verloren. Unter ihren Augen zeichneten sich dunkle Ringe ab und ihr schönes Gesicht war sogar im Schlaf noch schmerzverzerrt.

Ama zitterte und Raff und Enda stützten sie. Ama wandte sich an Raff. „Wird sie wieder gesund?"

Raff atmete tief ein. „Das hoffen wir. Es wird ein langer Weg zur Genesung werden – noch länger als letztes Mal. Aber wir schaffen das. Willst du dich eine Zeit lang zu ihr setzen? Sie wacht wahrscheinlich bald auf."

Ama nickte. „Was weiß sie schon alles? Ich will sie nicht aufbringen."

„Alles. Sie wollte alles wissen. Es ... Himmel ... sie ist stärker, als ich je gedacht hatte."

Ama berührte sein Gesicht. „Raff, es tut mir so leid wegen dem Baby."

Er lächelte schwach, aber er musste es sich wirklich abringen. „Das Komische ist ... wir hatten uns schon damit abgefunden, keine Kinder zu bekommen. Das scheint ein schlechter Scherz zu sein. Als ob es noch nicht schlimm genug wäre, dass zwei Männer, die doppelt so groß sind wie sie, ihr neunmal in den Bauch stechen." Seine Stimme brach und er wandte seinen Blick an. Enda packte ihn an der Schulter.

„Komm schon, Raff. Ich kaufe dir einen starken Kaffee und etwas zu Essen. *Cara mia*, macht es dir etwas aus, wenn wir euch beide kurz alleine lassen?"

Ama schüttelte den Kopf. „Ich werde hier bei Inca bleiben. Nehmt euch Zeit."

INCA ERWACHTE weniger als zehn Minuten später und Ama half ihr, aus einer Tasse Wasser zu trinken. Inca lächelte sie an. „Hey, Liebes. Wie geht es dir? Gibt es Neuigkeiten?"

Ama boxte sie sanft in die Schulter. „Sollte *ich* nicht *dich* fragen, wie es dir geht?"

„Nun", Inca sah auf die schweren Bandagen um ihren Oberkörper herab. „Ich würde mal sagen, um mich wird sich gekümmert." Sie grinste, aber dann schwand ihr Lächeln. „Und denk nicht einmal dran, dir hierfür die Schuld zu geben. Raff hat mir gesagt, dass du das zu Enda gesagt hättest, und es ist totaler Schwachsinn. Das ist allein Jackson Gallos Schuld. Dieses Arschloch."

„Arschloch" war so eine Untertreibung, was Jackson anging, dass Ama auf einmal kichern musste. Inca blickte sie überrascht an und fing dann auch an, zu lachen. „Auu, Auuu, bring mich nicht zum Lachen. Meine Bauchmuskeln sind beeinträchtigt. Auu!" Aber auch sie musste Kichern.

„Ich weiß gar nicht, warum ich eigentlich lache", sagte Ama und wischte sich über die Augen. „Du liegst hier drin, meine Schwester ist immer noch vermisst und Jackson ..."

„Atmet noch", sagte Inca und ihr Lächeln schwand. „Mädchen, wenn du warten kannst, bis ich mich wieder normal bewegen kann, können wir gemeinsam zu unseren eigenen Auftragskillern werden."

„Dein Wort in Gottes Ohr, Inks. Aber ernsthaft, es tut mir so leid, dass du hier mit reingezogen wurdest. Ich kann mir gar nicht vorstellen, wie sich das anfühlen muss."

Inca zuckte zusammen, als sie sich ein wenig im Bett aufrichtete. „Persönlich. Dieses Wort geht mir immer wieder durch den Kopf. Der Mann, der mich niedergestochen hat ... für ihn war es etwas Persönliches. Er hat es genossen. Es hat ihn angemacht, mir dieses Messer in den Bauch zu stecken. Jackson hat sich mit solchen

Männern umgeben. Psychopathen, Soziopathen, Menschen ohne Mitgefühl. Sie töten gerne, und sie töten gerne Frauen."

Ama ließ ihren Kopf in die Hände sinken und stöhnte auf. „Inks ... ich kann hier nicht rumsitzen und abwarten, dass Jackson Selima umbringt. Ich weiß, dass die Männer alles tun, was ihr Geld ihnen erlaubt. Es genügt nicht."

Inca blickte sie eingehend an. „Du denkst doch wohl nicht daran, zu Jackson zu gehen?"

Ama erwiderte ihren Blick. „Wenn du wählen müsstest zwischen dir und Raffaelo ... was würdest du tun?"

„Himmel, Ama ... das kannst du mich nicht fragen. Verdammt noch mal." Incas Stimme brach. „Ich wünschte, du hättest es mir nicht gesagt. Bitte, Liebling, ich flehe dich an. Gib ihm nicht nach."

Ama schüttelte den Kopf. „Nein, da verstehst du mich falsch. Ich will ihm nicht nachgeben. Ich will ihn töten."

AUF DEM WEG zurück in die Villa war Ama still an diesem Abend, und als sie zu Hause ankamen, schickte Enda das Personal nach Hause und sie gingen ins Schlafzimmer. Enda setzte sich auf das Bett. „Was geht in deinem Kopf vor?", fragte er sie sanft.

Ama setzte sich neben ihn und strich mit ihren Fingern durch sein Haar. „Enda ... ich glaube, wir müssen nach San Francisco zurückkehren."

Enda blickte sie an und sie sah, wie er innerlich mit sich kämpfte. Schließlich seufzte er. „Ich habe mir das Gleiche schon gedacht. Wir kommen hier nicht weiter. Es ist nur ... der Gedanke daran, dass du in seine Schusslinie gerätst."

„Wir wissen nicht, ob er da ist, aber er wird auf jeden Fall Beobachter aufgestellt haben. Wir gehen zurück. Ich gehe einfach wieder zur Arbeit, als hätte sich nichts geändert. Wir – du und ich – lassen uns in der Gesellschaft sehen. Wir ködern ihn, sich wieder mit mir in Verbindung zu setzen. Wir machen einen Deal. Ich gegen Seli – "

„Auf keinen Fall. Das lasse ich nicht zu, *cara mia.*" Enda stand auf und ging im Zimmer auf und ab. „Ich finde auch, dass wir dort sein sollten, aber wenn du glaubst, dass wir dich als Köder missbrauchen werden ..."

Ama seufzte. „Ich glaube, es ist zu spät, noch andere Möglichkeiten auszuloten, Baby. Ich *bin* sein Köder. Ich bin das, was er will. Wir haben festgestellt, dass er überall auf der Welt sein könnte, und das bedeutet, dass er bereits ein Auge auf mich hat. Er weiß, dass wir hier sind. Deshalb hat er Männer geschickt, die Inca töten sollten. Er wollte, dass ich weiß, dass er immer in meiner Nähe ist."

Enda sah unglücklich aus und war lange Zeit still und blickte aus dem Fenster. Schließlich kam er wieder zu ihr zurück. „Von mir aus. Aber die Sicherheitsüberwachung bei dir wird wasserdicht sein, in Ordnung? Bitte. Ich weiß, dass du die Einschränkung deiner Privatsphäre gar nicht schätzt, aber wir reden hier von deinem Leben. Bis Jackson ... außer Gefecht gesetzt ist ... musst du mir das versprechen."

Ama nickte langsam und erwiderte seinen Blick. „Versprochen, Enda, wirklich. Aber wir bekommen Selima lebendig wieder."

Er presste seine Lippen auf ihre und sie erwiderte seinen Kuss beinahe dringlich. „Bring mich ins Bett, Enda, und fick mich *hart*."

Sie spürte, wie seine Lippen sich zu einem Lächeln verzogen. „So höre ich das gerne."

Er drückte sie auf die Matratze und fing an, ihr Kleid aufzuknöpfen, wobei er sich Zeit nahm, jeden Zentimeter zu küssen, den er freilegte. Ama seufzte und gab sich den Empfindungen hin, die er in ihr auslöste. Als sein Mund sich auf ihr Geschlecht legte, schauerte sie, und als seine Zunge ihre Klit umspielte, streichelte sie sein Haar. „Baby, ich will dich auch schmecken."

Enda grinste sie an, trat dann einen Schritt zurück, zog sich aus und stieg auf das Bett, damit sie ihn in den Mund nehmen konnte, während seine Zunge sich wieder um ihre Klit kümmerte. Sein Schwanz füllte ihren Mund ganz aus, die seidige Haut der Stange weich an ihrer suchenden Zunge, während sich der Muskel immer mehr verhärtete. Sie stöhnte, als Enda ihre Beine noch weiter spreizte und seine Zunge tief in ihrem Loch versenkte. Sein Prügel wurde hart in ihrem Mund, während sie seine empfindliche Eichel mit ihrer Zunge verwöhnte, und sie schmeckte den salzigen Lusttropfen.

Während sie einander gegenseitig aufgeilten, kam Enda in ihrem Mund und sie schluckte seinen Saft gierig herunter. Fast verrückt vor Geilheit küsste Enda sie auf den Mund, drückte ihre Knie an die Brust und sie krallte ihre Finger in seinen Rücken, als er seinen Schwanz in sie hineinrammte und sie dabei in die Schulter und die Brüste biss. Sie schrie seinen Namen, als er sie wieder und wieder zum Höhepunkt brachte, vergrub ihre Finger in seinen dunklen Locken und zog fest daran. Es war der animalischste, ungehemmteste Fick, den sie je genossen hatten, und Ama spürte eine unbändige Kraft, die durch ihre Adern strömte.

Während Enda Gallo, die Liebe ihres Lebens, sie die ganze Nacht lang hart durchfickte, lächelte Amalia in sich hinein. *Fick dich, Jackson. Das wirst du mir nie wegnehmen.*

Ich mache dich fertig, du Arschloch.

3

EINE WOCHE SPÄTER IN SAN FRANCISCO...

Ama erwartete fast, dass Jackson sie am Flughafen empfangen würde, Selima unter einen Arm geklemmt und in der anderen Hand eine Knarre. Die Albträume plagten sie ständig. Selima, die weinte und übel zugerichtet war, während sie Ama anflehte, es nicht zu tun. Jacksons triumphierendes Lächeln, während er Selima auf Enda zurennen ließ, dann die Knarre auf Amas Bauch richtete und den Auslöser durchzog.

Sie zitterte. Sie wusste, dass es lächerlich war, aber als sie mit dem Privatjet am Flughafen ankamen und in die Sonne Kaliforniens hinaustraten, blickte sie sich nach ihm um. Stattdessen fuhr eine Limousine mit verdunkelten Fenstern vor und Olivier – ihr geliebter Olivier – stieg aus. Auf einmal konnte sie es kaum erwarten, die Treppen hinunterzugehen. Olivier zog sie in eine feste Umarmung. „Himmel, ich bin so froh, dich zu sehen, Kleine."

Ama klammerte sich an ihn. Er sah müde und erschöpft aus. „Es tut mir so leid, dass wir dich so lange hiermit alleine gelassen haben, Olly."

Er hielt sie fest im Arm. „Solange du in Sicherheit bist, ist mir nichts anderes wichtig ... außerdem habe ich gute Neuigkeiten. Chase ist aus seinem Koma erwacht und spricht bereits mit uns. Wir glauben, dass Selima immer noch im Staat ist, aber irgendwo unterirdisch versteckt gehalten wird. Nachdem er angeschossen wurde, war Chase noch lange genug bei Bewusstsein, um Jackson zu hören, wie er sagte, dass jemand Selima ‚in die Einrichtung‘ bringen solle und dass er ‚in einer Stunde bei ihnen‘ sein würde." Das FBI hat Jackson haargenau untersucht. Sie haben schon ein paar heiße Spuren."

Amas Herz schlug ihr bis zum Hals. „Himmel, wirklich?"

Olivier grinste sie und seinen Bruder an. „Wirklich. Und jetzt ab nach Hause mit euch."

JACKSON GALLO WURDE weniger als eine halbe Stunde später informiert, dass Ama und Enda wieder in San Francisco waren. Er lächelte selbstgefällig – Ama wusste, dass sie nicht gewinnen konnte und Jackson verließ sich darauf, dass sie alles tun würde, um ihre Schwester wieder zurückzubekommen.

Er ging schnell durch die Korridore der unterirdischen Einrichtung, die er gekauft hatte, nachdem er sich mit Ama verlobt hatte. Er hatte sie mit bequemen Zimmern, heißem Wasser, Heizung, Küchen und Bädern ausgestattet; er wusste, dass Amalia Rai ihn nicht heiraten wollte und er wollte sich nicht ebenso viel Mühe geben wollen, wie er es mit Penelope hatte tun müssen. Schließlich war sein Ziel, mit Ama zu schlafen, nicht sie zu töten – zumindest zu Anfang – und wenn sie sich ihm verweigert hätte, hätte er sie hierher gebracht und sie festgehalten, bis er eine Strafe für sie ersonnen hätte.

Jetzt hatte sich herausgestellt, dass es sehr praktisch war, um ihre Schwester hier festzuhalten. Selima Rai war nicht ganz so temperamentvoll wie ihre Schwester, aber sie versuchte trotzdem, ihn anzugreifen, wann auch immer er sich ihr näherte. Jetzt war sie mit Handschellen an das Bett gekettet und wenn Jackson zu ihr kam, um sie zu reizen, gab er Acht, nicht in ihre Reichweite zu kommen.

Er öffnete die Tür zu ihrem Zimmer. Selima starrte ihn an, stand aber nicht auf. Ihr Haar hing strähnig an ihrem Kopf herab. Jackson seufzte. „Ich bitte dich, pflege dich ein bisschen. Du siehst fürchterlich aus."

„Fick dich, Jackson, ich muss mich für niemanden zurechtma-
chen, schon gar nicht für den Kerl, der mich entführt und meinen
Freund getötet hat."

Jackson zuckte mit den Schultern. „Er war im Weg. Wenn du und
deine Schwester keine erbärmlichen Huren wären, dann wäre das
alles nicht passiert."

Selima spuckte ihn an. „Du bist erbärmlich."

Jackson wischte sich die Spucke aus dem Gesicht. „Und trotzdem
habe ich irgendwie die Zügel in der Hand, nicht wahr?"

„Sie kommt nicht zu dir zurück. Ich lasse das nicht zu. Enda,
Olivier ... sie werden es nicht zulassen. Also kannst du mich genauso
gut jetzt töten und deine Verluste schmälern."

Jackson verdrehte die Augen. „Weißt du, du könntest wirklich ein
bisschen dankbar sein. In diesem Gebäude ist auch eine Zelle. Eine
große, harte, kalte Betonzelle, in der du verrotten könntest. Nur weil
ich so gutherzig bin, darfst du in diesem Luxus wohnen, wo geheizt
wird und du Essen bekommst." Er gestikulierte in Richtung des
bequemen Zimmers mit dem Himmelbett und dem großen Flachbildfernseher. „Halt den Mund, genieß, was du hast, und bete darum,
dass ich dich nicht sofort töte, wenn ich Ama wiederhabe."

Da verstummte Selima und Jackson drehte sich um, um zu gehen.
Aber bevor er die Tür erreicht hatte, sprach sie wieder mit gebro-
chener Stimme.

„Wirst du Ama töten?"

Er antwortete ihr nicht.

CHASE CAPLAN FÜHLTE SICH, als hätte man ihm ein Loch in die Brust
geschlagen. *Was ja eigentlich der Wahrheit entsprach*, dachte er bei sich
und grinste in sich hinein. Chase fühlte sich selten traurig, aber angeschossen zu werden hatte es beinahe soweit gebracht. Nachdem er
aus dem Koma aufgewacht war, hatte er als erstes nach Selima
gefragt.

Als sie ihm sagten, dass sie immer noch als vermisst galt, hatte er
nicht gezögert, darum zu bitten, mit der Polizei und mit Olivier zu

sprechen. Die Ärzte hatten gewollt, dass er sich erst einmal ausruhte, aber er hatte sie ignoriert.

Heute würde er zum ersten Mal Selimas Schwester kennenlernen. Er fragte sich, wie er sich dabei fühlen würde, jemanden zu sehen, der seiner Geliebten so ähnelte. In den wenigen Wochen, in denen er und Selima zusammengewesen waren, hatte er sich bis über beide Ohren in die winzige indisch-amerikanische Frau verliebt. Jeder Augenblick, den sie miteinander verbrachten, hatte so viel Spaß gemacht, und obwohl er ein absolut bodenständiger Landjunge mit ausgezeichnetem Notendurchschnitt war, stellte er auf einmal fest, dass er viel spontaner geworden war ... beinahe draufgängerisch. Waren sie in der Nacht, in der Selima entführt wurde, draufgängerisch gewesen?

SIE WAREN auf einer Dachterrassenparty bei Freunden gewesen und waren bis spät geblieben; Selima hatte auf seinem Schoß gesessen, während sie sich einen Liegestuhl geteilt hatten. Die Nacht war schwül gewesen, jemand hatte Lichterketten über die Terrasse gespannt und leise Musik ertönte aus den Lautsprechern. Selima hatte sich an seine breite Brust gekuschelt und er hatte sie auf den Kopf geküsst.

„Hey, meine Schönheit."

„Hey, du." Sie hatte zu ihm aufgeblickt, als er sie sanft auf den Mund geküsst hatte. Selima hatte glücklich geseufzt. „Gott, was für ein schöner Abend."

„Und er ist noch nicht zu Ende." Er hatte sie bedeutungsschwanger angegrinst und sie hatte gelacht.

„Weißt du", sie hatte die Stimme gesenkt. „Ich wohne nur ungefähr vier Blocks von hier entfernt ... aber es gibt jede Menge dunkle Seitenstraßen, durch die wir eine Abkürzung nehmen könnten."

Er hatte ihre Anspielung verstanden und gekichert. „Miss Rai, Sie wollen wohl meinen Ruf schädigen!"

. . .

SIE HATTEN sich auf den Nachhauseweg gemacht, hatten sich ab und zu in Seitenstraßen geflüchtet, um sich stürmisch zu küssen, und als sie die Seitenstraße, die am nächsten zu Selimas Haus war, erreicht hatten, hatte sie ihn angegrinst, sich an die Hausmauer gelehnt und ihren Rock nach oben gezogen. „Komm her, Landjunge, und fick mich richtig durch."

Chase hatte gelacht, aber er hatte sie in den Arm genommen, sie gegen die Wand gedrückt und ihr Höschen nach unten gezogen. Selimas Hände hatten sich auf seinen Reißverschluss gelegt und schließlich seinen prallen Prügel aus seiner Unterhose befreit. Er hatte in sie hineingestoßen und sie hatte halb aus Schock aufgelacht, weil er es ihr so hart besorgte. Sie hatten leise und heimlich an der Wand gefickt und nur kurz innegehalten, als ein älterer Mann auf der Hauptstraße vorbeigegangen war und seinen Hund an einen Müllcontainer hatte pinkeln lassen. Selma hatte angefangen, zu kichern, und Chase hatte seine Hand über ihren Mund gelegt, um sie zum Verstummen zu bringen.

DANACH WAREN sie nach Hause gestolpert und hatten beide nicht die Männer gesehen, die auf sie warteten. Als der eine aus dem Schatten des Hauses getreten war und Selima gepackt hatte, hatte Chase sich sofort auf ihn geworfen. Dann hatte der andere Kerl versucht, ihn von ihr wegzuzerren und Selima hatte sie angeschrien.

„Nicht das Mädchen verletzen." Er hatte einen deutlichen amerikanischen Akzent vernommen, hatte sich umgedreht und sofort Jackson Gallo erkannt. Jackson hatte hämisch gelächelt, Selima zurückgehalten, während die Männer sich über Chase hergemacht hatten, und als einer von ihnen ihn zu Boden gebracht hatte, hatte der andere eine Knarre gezückt und Chase hatte gespürt, wie seine Brust explodierte. Selima hatte geschrien, als ihr klar wurde, dass Chase erschossen worden war und dass er sich nicht mehr bewegte. Sein Kopf schwirrte bereits, als er sah, wie Selima in ein Auto bugsiert wurde. „Bringt sie in die Einrichtung", hatte Jackson Gallo seinen Männern gesagt. „Ich komme in einer Stunde nach."

Chase hatte schreien und brüllen wollen, hatte Selima versprechen wollen, dass er sie retten würde, aber er hatte nicht sprechen
oder sich bewegen können. Sein ganzer Körper war eiskalt gewesen –
zu kalt. Gallo hatte sich über ihn gebeugt und gelächelt. „Es ist mir
wirklich egal, ob du überlebst oder stirbst, mein Freund, aber wenn
du überlebst, dann sag Amalia ... dass es ihrer Schwester genauso
ergehen wird wie Penelope oder Inca, wenn sie nicht zu mir zurück-
kommt. Sag ihr, dass sie auf meinen Anruf warten soll."

Chase schloss die Augen und ließ sich ausnahmsweise von
Verzweiflung vereinnahmen. *Selima, ich werde tun, was ich kann, um
dich zu retten.* Aber er fühlte sich hilflos.

Eine Stunde später verspürte er eine noch größere Verzweiflung,
als Selimas Schwester das Zimmer betrat, einen Blick auf ihn warf
und ihn in den Arm nahm. Da weinte Chase Caplan, erst zum dritten
Mal in seinen sechsundzwanzig Jahren auf diesem Planeten.

INCA LAS ein weiteres Buch zu Ende und legte es auf den Stapel
neben ihrem Bett. Ihre Genesung verlief gut aber langsam – und ihr
war langweilig. Raff, Tommaso und Bo leisteten ihr so viel Gesellschaft wie nur möglich, aber Raffaelo suchte auch nach den
Männern, die versucht hatten, seine geliebte Frau zu töten, und half
Enda und Ama, und Bo und Tommaso mussten sich um ihre sieben
Kinder kümmern. Stella und ein paar weitere Mädchen aus dem
Teehaus hatten sie bereits besucht, ebenso wie einige ihrer Freunde
aus Neapel, aber sie behandelten sie, als wäre sie ein zerbrechliches
Ding, und Inca hatte das satt. Sie war sauer, verdammt sauer, dass sie
schon wieder in dieser Lage war.

Als Raffaelo sie besuchte, hatte sie sich richtig in Rage gedacht.
„Ich will hier raus, Raff. *Heute* noch. Ich hänge nicht mal mehr an
irgendwelchen Tropfen oder Sonden oder sonstwas. Ich hasse das.
Ich hasse es, hier zu sein."

· · ·

RAFF LIEß sie noch eine Weile wüten und hielt dabei ihre Hand. Der Psychologe hatte ihn vor solchen Ausbrüchen gewarnt – sie kamen daher, dass der Angriff noch nicht völlig verarbeitet war. Inca hatte der Polizei alles gesagt und dann hatte sie nie wieder darüber reden wollen. Sie hatte auch nicht über das Baby sprechen wollen. Raffaelo konnte sehen, wie sehr es sie belastete, aber sie wollte nicht einmal darüber nachdenken, wie ihr Leben ausgesehen hätte, wenn ihr Kind auf die Welt gekommen wäre. Sie hatten den toten Embryo getestet und festgestellt, dass er ein Mädchen gewesen wäre, aber Raffaelo hatte Inca das nicht erzählt. Sie stand Tommaso und Bos einziger Tochter, Hermione (getauft von ihren zwei älteren Brüdern, die verrückt nach Harry Potter waren), besonders nahe und Raff hatte sie dabei erwischt, wie sie das Mädchen sehnsüchtig angeblickt hatte, während es mit seinen Brüdern spielte.

Verdammt. Sogar seine Brust verkrampfte sich vor Verzweiflung bei dem Gedanken, wie sie um ein Haar Eltern geworden wären. *Ein kleines Mädchen,* dachte er, *so schön wie ihre Mutter und vielleicht mit meinen Augen.*

Aber es hatte nicht sein sollen. Raff wartete ab, bis Inca sich ausgetobt hatte, und hielt sie dann im Arm, während sie anfing, zu weinen. Er wusste, dass es bloß an der Frustration lag; Inca war niemand, der sich gerne selbst bemitleidete.

Als sie nur noch Schluckauf hatte und leicht peinlich berührt dreinblickte, strich er mit seinen Lippen über die Ihren, immer wieder, bis er spürte, wie ihre Lippen sich zu einem Lächeln verzogen. Sie kannten einander mittlerweile so gut, dass das Vertrauen zwischen ihnen nicht übertrumpft werden konnte.

Inca löste sich von ihm und berührte seine Wange. „Tut mir leid, Baby."

„Du musst dich nicht entschuldigen. Ich liebe dich, *Principessa.*"

Sie seufzte und lächelte. „Und ich liebe dich. Erzähl mir gute Neuigkeiten, Liebling."

Raff grinste. „Das kann ich tatsächlich. Selimas Freund ist aufgewacht und hat sehr aufschlussreiche Informationen geliefert. Sie glauben, dass Jackson sie irgendwo in Kalifornien festhält."

Incas Augen öffneten sich weit. „Wow, das sind wirklich gute Neuigkeiten. Wirst du dann nach Kalifornien reisen?"

Raff sah sie entgeistert an. „Machst du Witze? Ich lasse doch dich nicht alleine."

„Baby, vor meinem Krankenzimmer stehen zu jeder Zeit drei bewaffnete Wachen. Hier kommt niemand rein."

Raff schüttelte den Kopf. „Inca, ich zweifle nicht im Geringsten daran, dass die Männer, die dich niedergestochen haben, noch in Neapel sind. Sie sind wahrscheinlich angewiesen worden, uns zu beobachten und möglicherweise die Tat zu Ende zu bringen." Er schluckte und schüttelte den Kopf. „Wenn du überlebst. Und du *hast* überlebt. Ich lasse dich nicht mehr aus den Augen, *Principessa*. Ich werde sie finden und ich werde sie töten. Das verspreche ich dir."

Inca nahm seine Hand und sah, wie aufgebracht er war. „Ich liebe dich, Raffaelo Winter."

„*Ti amo*, Inca. *Ti amo*. "

AMA UND CHASE unterhielten sich stundenlang, bis sie sehen konnte, dass der junge Mann erschöpft war. Er protestierte dennoch, als sie ihm sagte, er solle sich ausruhen. „Ich komme morgen wieder, wenn das in Ordnung ist. Enda lässt mich noch nicht sofort wieder arbeiten, bis er nicht alle Sicherheitsvorkehrungen getroffen hat, und alleine bei Olivier zu Hause drehe ich noch durch."

Chase nickte. „Bitte tu das. Ich fände es toll, wenn du meine Familie kennenlernst, wenn sie zu Besuch kommen."

Ama umarmte ihn behutsam. „Selima hat auf jeden Fall guten Männergeschmack."

Chase lachte. „Wenn sie wieder da ist, wird sie dir sagen, was für ein Idiot ich bin."

Sie lächelten, aber ihre Verzweiflung war spürbar. Ama schüttelte sich. „Wir holen sie zurück, Chase. Das verspreche ich dir."

Die Augen des jungen Mannes waren ernst. „Versprich lieber nichts."

Ama nickte. „Tut mir leid. Ich weiß, dass ich das nicht sollte ...

aber ich werde keine Mühen scheuen, sie zurückzubekommen. Gute Nacht, Chase."

„Nacht, Ama. Bis morgen."

IHRE BODYGUARDS – zwei muskelbepackte Gorillas namens Trevor und Dustin mit dicken Waffen – fuhren sie zu Oliviers Haus. Als sie zu Hause ankam, wartete nur Enda auf sie. „Olivier musste über Nacht geschäftlich nach New York."

Ama fiel ihm in die Arme. „Himmel, habe ich dich heute vermisst."

Enda lächelte und strich mit seinen Lippen über die Ihren. „Und ich habe dich vermisst. Erzähl mir, was Chase gesagt hat." Er führte sie zum Sofa und Ama brachte ihn auf den neuesten Stand der Dinge. Als sie Jacksons Drohung in Bezug auf Penelope und Inca wiederholte, nickte Enda langsam. „Interessant. Dann denkt er also, dass Inca tot ist?"

„Ich weiß es nicht. Raff hat dafür gesorgt, dass der Mordversuch nicht in die Zeitungen kommt, um Inca zu schützen. Das ist alles, was ich weiß."

„Hmm. Ich habe zuvor mit Raff geredet. Er ist überzeugt, dass die Männer, die Inca angegriffen haben, noch in Neapel sind. Sie könnten dort mit Leichtigkeit herausfinden, dass sie noch am Leben ist ... also warum haben sie Jackson noch nicht gesagt, dass sie überlebt hat?"

Ama dachte hierüber nach. „Vielleicht wollen sie nicht, dass er wütend auf sie wird, weil sie versagt haben? Vielleicht hatte er sie schon voll bezahlt, um Inca zu töten, und wenn sie überlebt hat, verlangt er sein Geld zurück?" Sie seufzte tief. „Vielleicht ist es auch, weil sie die Tat noch zu Ende bringen wollen:"

Enda nickte langsam. „Oder vielleicht ist irgendwo ein Sprung im Gemäuer. Vielleicht haben sie es sich anders überlegt, nachdem sie Inca niedergestochen haben."

Ama sah skeptisch aus. „Das scheint mir nicht wahrscheinlich."

„Außer Jackson hat gegeizt und Unprofessionelle angestellt.

Schließlich hätte ein echter Profi – und tut mir leid, wenn ich es so platt sage – dafür gesorgt, dass Inca stirbt. Er hätte sie wahrscheinlich in den Kopf geschossen und wäre abgedampft. Diese Arschlöcher haben genossen, wie nah sie ihr bei dem Angriff gekommen sind – wie sie auf sie eingestochen und sie leiden gesehen haben. Ich würde sagen, es waren ortsansässige Kriminelle und ich würde auch sagen ... wenn wir sie finden, dann können sie uns Infos geben."

„Wenn Raff sie nicht erst umbringt."

„Da hast du recht. Ich werde mit ihm reden."

Ama lächelte ihren Geliebten an. „Was würdest du tun?"

Enda blickte sie ernst an. „Sie wären tot, sobald ich sie finden würde. Aber das würde niemandem helfen."

Ama streichelte ihm über das Gesicht. „Das reicht. Ich nehme an, dass es keine Neuigkeiten von Selima gibt, sonst hättest du mir das bereits gesagt."

„Das stimmt."

Ama seufzte. „Dann lass uns ins Bett gehen, Enda Gallo. Ich muss ein bisschen Spannung abbauen. Mein ganzer Körper tut davon schon weh, und ich sehe, dass es dir genauso geht. Nimm mich mit ins Bett."

ENDAS HÄNDE GLITTEN unter ihr Kleid und zogen es ihr über den Kopf. Seine Lippen legten sich auf ihre und küssten dann ihren Hals herab bis zu ihren vollen Brüsten. Als er ihren Nippel in seinen Mund nahm, schoben seine Hände bereits ihr Höschen nach unten. Ama stieg aus ihm heraus und schauerte, während er ihren Nippel verwöhnte, bis er steif war. Dann tat er das Gleiche bei dem anderen Nippel und dann wanderten seine Lippen über ihren Bauch und seine Zunge umkreiste ihren Nabel.

„Enda ..." Ihre Stimme war sanft und er stand auf, während er sein Hemd und seine Hose aufknöpfte. Ihre Lippen fühlten sich so weich und lieblich auf seinen an, dass Enda einen Adrenalinstoß verspürte. Als sie beide nackt waren, fielen sie auf das Bett und Ama kroch an ihm nach unten, bis sie seinen Schwanz in den Mund nehmen konnte. Sie fuhr mit ihrer Zungenspitze seine Fahnenstange nach und spielte dann mit seiner empfindsamen Eichel, sodass sie seinen salzigen Lusttropfen schmecken konnte. Sein Schwanz war steinhart und erzitterte unter ihrer Berührung, aber bevor er noch kommen konnte, zog er sie auf sich und spießte sie auf, vergrub seinen langen, dicken Stab in tief in ihrer samtigen Scheide. Ama stöhnte lustvoll auf und Enda musste sich wirklich zusammenreißen. Seine Hand streichelte ihre Klit, während sie ihn zuritt, und er konnte gar nicht genug von dem Anblick bekommen, wie sein Schwanz in ihre Pforte hinein- und hinausglitt.

„Mein Gott, bist du schön, *cara mia.*" Das gedämpfte Licht im Raum ließ ihre Haut in einem goldenen Glanz erscheinen. Ihre Brüste waren voll und drall und ihr seidiger Bauch wölbte sich ganz sanft. Ihre dunklen Haare fielen in Wellen über ihre Schultern und ihr schönes Gesicht war entzückend gerötet vor Erregung. Ama bewegte sich immer schneller, je mehr ihre Erregung zunahm, und Endas Schwanz schwoll an und wurde beinahe unerträglich empfindlich.

Er kam heftig, sein Körper zuckte und bäumte sich unter ihr auf, während er tief in ihr drin abspritzte. Ama schrie entfesselt auf und bebte, atmete kurz und abgehackt, während der Orgasmus sie durchwallte.

Während sie wieder zu Atem kamen, drückte Enda seine Lippen an ihre Stirn und Ama kuschelte sich an ihn. Sie brauchten nichts zu sagen.

ZWEI TAGE später kehrte eine nervöse, zitternde Ama ins Musikkonservatorium zurück. Während Trevor und Dustin sie in die Stadt fuhren, merkte sie, dass sie nervöser war, weil sie ihre Kollegen und Studenten wiedersehen musste, als sie es beim Gedanken an Jacksons Drohungen war. Sie war froh, dass ihre beste Freundin Christina heute dort sein würde, um sie zu unterstützen. Seit in ihre Wohnung eingebrochen worden war, wohnte Christina bei ihrem Freund und hatte von keinen weiteren Drohungen oder seltsamen

Ereignissen berichtet. Wenn Ama daran dachte, was Inca geschehen war, war sie unglaublich erleichtert, dass Jackson Christina in Frieden gelassen hatte. *Es sind schon genug Menschen zu Schaden gekommen,* dachte sie nun, als das Auto in die Einfahrt der Schule einfuhr. Vielleicht würde Jackson heute bemerken, dass sie wieder da war, und würde sie kontaktieren. Sie wusste, dass es unwahrscheinlich war, dass gleich an ihrem ersten Arbeitstag etwas passieren würde. Jackson würde nicht so leichtsinnig sein. Er würde wissen, was für Sicherheitsvorkehrungen Enda getroffen hatte.

Aber Ama zweifelte nicht daran, dass er sie beobachtete. Sie verdrängte den Gedanken. *Verhalte dich ganz normal, als ob er nicht deine geliebte Schwester entführt hätte. Das wird ihn wütend machen. Jackson will Aufmerksamkeit.* All die Dinge, die Enda zu ihr gesagt hatte, gingen ihr nun wieder durch den Kopf.

Christina holte sie an der Eingangstür ab und die beiden Frauen umarmten sich lange. „Hey, Mädel." Christina, deren schwarzes Haar zu einem Chignon zusammengebunden war und die in Jeans und T-Shirt eine schlanke Figur abgab, lächelte sie an, aber ihre Augen schienen besorgt. „Ist alles in Ordnung?"

Auf einmal hätte Ama am liebsten geheult. Sie nickte, traute sich jedoch nicht zu reden, und Christina lächelte verständnisvoll. „Komm schon. Holen wir uns eine Tasse von dem ekligen Kaffee, den sie in der Cafeteria ausschenken."

EINE HALBE STUNDE später ging sie zu ihrem Büro hinauf. Christina hatte ihr die beiden Musikzimmer gezeigt, die von dem Feuer beschädigt worden waren. „Wir können von Glück sagen, dass jemand es entdeckt hat, bevor es sich allzu weit ausbreiten konnte, aber es ist unpraktisch, dass wir diese zwei Räume erst mal nicht benutzen können."

Enda hatte der Schule Geld angeboten, um den Schaden zu reparieren, und hatte kein Nein geduldet. Ama hatte ein schlechtes Gewissen; es war nur wieder ein Mittelfinger von Jackson.

In ihrem Büro umarmte sie auch Lena. „Wie schön, dass Sie wieder da sind, Boss."

Ama lächelte. „Tut mir leid, dass ich euch so lange im Stich gelassen habe. Aber ich habe noch mehr Neuigkeiten."

Lena betrachtete sie eingehend. „Du gehst für immer, nicht wahr?"

Ama nickte. „Ja. Es tut mir leid, aber ich will bei Enda sein und ich will in Italien sein. Er und Raffaelo Winter eröffnen überall auf der Welt Musikschulen und ich werde ihnen dabei helfen." Sie lächelte. „Wenn du also Lust auf einen Orts- oder Länderwechsel hast, dann können wir auf jeden Fall gute Sekretärinnen gebrauchen. Aber sag das nicht dem Dekan. Er ist schon sauer genug, dass ich meine Kündigung eingereicht habe."

Lena nickte, aber ihre Augen blickte sie traurig an. „Ich werde dich vermissen."

Wieder stiegen ihr die Tränen in die Augen. „Bring mich nicht zum weinen." Ama lächelte ihre Assistentin an. „Komm schon, kommandier mich ein bisschen rum. Dann fühle ich mich gleich wie zu Hause."

Lena grinste. „Na gut, also, da wäre dein Email-Postfach. Frag mich nicht, wie viele ungelesene da drin sind. Ich habe versucht, sie in Ordner zu unterteilen und nach Wichtigkeit zu sortieren, ich habe alle Spam-Mails gelöscht, aber trotzdem. Alle, die privat markiert sind, habe ich nicht geöffnet. Versprochen. Sie sind ein einem Ordner auf deinem Desktop."

Ama setzte sich an ihren Schreibtisch und schaltete ihren Laptop an. Sie hatte alles hier gelassen, als sie nach Italien geflüchtet war, auch dieses alte Gerät, und es dauerte eine Weile, bis ihr Computer sich hochgefahren hatte. Sie setzte eine frische Kanne Kaffee auf und bemerkte, wie eine feine Schicht Staub sich auf alles gelegt hatte. Mit einem Anflug von Trauer bemerkte sie, dass dieser Ort ihr mittlerweile fremd war, und sie ihm.

Sie hatte beim Dekan ihre Kündigung eingereicht – mit dreimonatiger Frist – und er war traurig gewesen, hatte sie aber verstanden. Enda hatte bereits mit ihm über die zusätzlichen Sicherheitsvorkehrungen gesprochen und ihm vertraulich von der Lage mit Ama und ihrer Schwester erzählt. Der Dekan war natürlich schockiert gewesen und hatte versprochen, alles zu tun, was in seiner Macht stand, um Ama zu schützen. Ama setzte sich wieder an ihren Schreibtisch und öffnete den privaten Email-Ordner. Private Nachrichten von einem unbekannten Absender taten sich auf dem Bildschirm auf. Ama schluckte und wusste, dass sie alle von Jackson stammen mussten. Die erste stammte aus der Nacht, in der sie ihn verlassen hatte, und es war eine weitschweifende, giftige Mail, in der er sie als Hure und Enda als ehebrechenden Bastard bezeichnete, der nur etwas mit ihr angefangen hatte, um sich an Jackson zu rächen. Lauter fieses Gerede, aber nichts, was Ama nicht ohnehin erwartet hätte. Sie löschte sie fast, hielt dann aber inne. Schließlich war es immer noch ein Beweismittel, nicht wahr? Etwa um dieselbe Zeit hatte er ihr noch ein paar andere Hassmails geschickt, aber dann wurde es ein paar Monate lang still. Dann ging es wieder los an dem Tag, an dem Jackson Selima entführt hatte. Ama klickte die erste Mail an.

Die Zeit ist abgelaufen.

Zusammen mit diesen drei Worten hatte er ihr ein Bild von Christinas Wohnung geschickt, völlig verwüstet, mit der in Blut geschriebenen Warnung an der Wand. In der zweiten Mail war ein Foto eines kleinen Feuers, das im Musikzimmer des Konservatoriums gelegt wurde. Also war das *tatsächlich* Jackson gewesen.

Ama wollte nicht daran denken, was noch in den übrigen Mails steckte, aber sie zwang sich, sie der Reihe nach alle zu öffnen.

Sie kreischte entsetzt auf. Chase Caplan, wie er auf dem Gehsteig lag, das T-Shirt blutdurchtränkt, die Augen geschlossen. Der Augenblick, in dem Selima entführt wurde.

Die nächste Mail zeigte Selima, wie sie an ein Bett gekettet war und geknickt, aber Gott sei Dank nicht lädiert aussah. Ama betrachtete das Foto ihrer Schwester mit größter Aufmerksamkeit und versuchte, den Ausdruck in Selimas Augen zu lesen, und dann, herauszufinden, wo das Schlafzimmer sein konnte. Sie schüttelte den Kopf und in ihrer Brust schmerzte es, da sie wusste, dass ihre Schwester momentan nicht für sie erreichbar war.

Die nächste Mail raubte ihr den Atem. Eine Frau, die sie nicht kannte, saß zusammengesackt auf dem Fahrersitz eines Autos, ihr Kleid blutdurchtränkt, und die Klinge eines Messers ragte aus ihrem Bauch. Dunkelrote Stichwunden übersäten ihren Oberkörper. Das weiche, karamellfarbene Haar fiel ihr über die Schultern und ihre Augen waren geschlossen und ihr hübsches Gesicht war immer noch vor Schmerz und Angst verzerrt, selbst noch im Tod.

Penelope. *Oh, lieber Himmel, oh Gott, oh Gott ...* Ama spürte, wie ihr schlecht wurde.

Sie zögerte, bevor sie die letzte Mail öffnete. Als sie es tat, sah sie, dass er ihr diesmal eine Videodatei geschickt hatte. Im Thumbnail konnte sie erkennen, dass es bei Incas Teehaus in Neapel gefilmt worden war, und wusste sofort, was sie sehen würde. Ama schloss die Augen. *Ich weiß nicht, ob ich das kann ...*

Aber vielleicht wäre darin irgendein Anhaltspunkt ...

Sie drückte auf Play. Jemand, der offensichtlich eine Kamera trug, betrat gerade das kühle, schattige Erdgeschoss des Teehauses. Ama sah Inca, die alleine saubermachte. Himmel, sie sah so glücklich und schön aus in ihrem kleinen Teekleid. Sie lächelte die Männer mit den Kameras an und Ama hörte sie sagen, „Hey Jungs, kommt einfach rein. Wir haben jede Menge Platz, oben wie unten. Ich bin Inca, wenn ihr also irgendetwas braucht, meldet euch einfach."

Ein weiterer Mann, der mit dem Kameramann hereingekommen war, packte Inca so schnell, dass Ama erschrocken vom Bildschirm zurückwich. Sie sah, wie er Incas Arme hinter ihren Rücken hielt und sah dann die Verwirrung und Angst in Incas liebem Gesicht. Mit immer größerem Entsetzen sah Ama zu, wie der Kameramann ein Messer zückte und es in Incas Bauch versenkte. Inca keuchte gepeinigt und Ama stöhnte auf, während sie dabei zusah, wie wieder und wieder auf ihre Freundin eingestochen wurde. Als sie fertig waren, legten die Männer Inca auf den Boden des Teehauses. Der ganze Angriff dauerte weniger als fünfzehn Sekunden. Der Kameramann verweilte noch ein wenig über Incas lädiertem Körper. Sie war bewusst, ihr Blick war verwirrt, sie rang nach Atem und nach ihrem Leben. Die Kamera zoomte auf ihre Wunden ein und auf das Blut, das sich um sie in einer Pfütze ausbreitete. So viel Blut. Sie hörte, wie eine Stimme beinahe sanft zu der Sterbenden sprach.

„Jackson Gallo sagt schöne Grüße." Ama keuchte entsetzt auf, als der Mann ein letztes Mal auf Inca einstach und das Messer dann neben ihr auf den Boden legte. Damit endete das Video.

Ama bemerkte nicht einmal, dass sie schrie, bis Trevor und Dustin ins Zimmer stürzten, und sie schluchzend auf dem Boden zusammenbrach.

RAFF SAH sich das Video immer wieder an und sein Herz brach dabei in tausend Stücke. Enda und sein Sicherheitsteam hatten ihm davon erzählt und Raff hatte gefordert, dass man es ihm sofort schicke. Enda hatte ihn gewarnt. „Bruder ... sieh es dir nicht an. Bitte. Ich kann mir nichts Schlimmeres vorstellen, als zuzusehen, wie die Liebe deines Lebens so zugerichtet wird. Es ist fürchterlich."

„Inca musste es durchmachen. Es *erleben*, Enda, nicht nur zusehen. Ich muss das tun; vielleicht sehe ich jemanden oder etwas, was ich wiedererkenne. Du vergisst, dass ich die meisten Leute in Neapel und Sorrento kenne, ob gut oder böse. Das ist mein Zuhause. Wenn sie von hier sind, dann erkenne ich sie."

Nachdem er ihn nicht davon abbringen konnte, schickte Enda ihm das Video und Raff sah es sich an. Beim ersten Mal hatte der Schock ihm das Blut in den Adern gefroren. Der Schmerz, der seiner geliebten Inca ins Gesicht geschrieben stand – der Unglaube, dass ihr das *schon wieder* passierte. Das Messer, dass durch ihr weißes Baumwollkleid schnitt, das tiefe Rot ihres Blutes, das sich darauf ausbreitete. Die Brutalität des Mannes, der auf sie einstach.

Er sah es sich wieder und wieder an und versuchte, sich an das Entsetzen zu gewöhnen. Als ihm klar wurde, dass das nicht geschehen würde, versuchte er, sich aus der Rolle des Ehemannes zu denken und das Video wie ein Detektiv anzusehen. Als der Mann am Ende sprach, erkannte Raff einen Akzent aus der Region. Gut. Dann hatte er damit zumindest recht gehabt – sie *waren* von hier. In seinem früheren Leben, vor Inca, hatte Raff Nachtclubs eröffnet und hatte daher genug Kontakte in der Unterwelt, denen er das Video zeigen könnte, in der Hoffnung, sie würden jemanden darin erkennen. Seine Kontakte würden wissen, dass er mit dieser Information nicht zur Polizei gehen würde. Raffaelo Winter hatte nur die Absicht, alles herauszufinden, was sie ihm über Jackson sagen konnten, und dann würde er ihnen ohne mit der Wimper zu zucken die gleichen Schmerzen zufügen, die sie Inca zugefügt hatten – nur zehnmal so stark.

INCA WUSSTE, dass irgendetwas nicht stimmte, als sie erwachte, nachdem sie den ganzen Nachmittag geschlafen hatte. Ihr Körper fühlte sich schwer an, beinahe aufgequollen. Ihr Bauch schmerzte höllisch und ihr war heiß. Zu heiß für dieses klimatisierte Zimmer. Sie lehnte sich zur Seite, um den Schwesternknopf zu drücken, und spürte dann, wie sie rutschte und vom Bett rollte. Sie knallte mit einem Stöhnen auf den Boden und dann wurde es dunkel um sie.

AMA ERWACHTE IN ENDAS ARMEN, als das Telefon laut klingelte. Enda stöhnte und drehte sich um, um abzunehmen, als Ama auf die Uhr blickte. Um drei Uhr morgens können es keine guten Neuigkeiten sein, dachte sie und setzte sich auf. Enda rieb sich gerade die Augen.

„Ja? Oh, hey, Raff ... was? Oh Gott ... wie das? Wann? Himmel ... was sagt der Chirurg?"

Amas Herz schlug ihr bis zum Hals. Es musste etwas mit Inca sein ... *Himmel.* Ama schloss ihre Augen. *Jackson, du verdammter Mistkerl. Warum hast du mich nicht einfach umgebracht?*

Sie wartete ab, dass Enda das Gespräch beendete. Er sah am Boden zerstört aus. „Inca hat innere Blutungen gehabt. Sie haben sie vor vier Stunden wieder in den OP gebracht und sie operieren immer noch. Sie können die Blutung nicht stillen. Raff ist ... naja, das kannst du dir wohl vorstellen."

Ama legte ihren Kopf in ihre Hände und schluchzte auf. „Das

war's, Enda. Mir reicht's. Wir müssen Jackson aus seinem Versteck locken. Wir müssen das beenden."

„Da stimme ich dir zu." Enda schlang seine Arme um sie. „Vielleicht hältst du mich für egoistisch oder für einen schrecklichen Freund, aber ich will nie diese Entscheidung für dich treffen müssen, Ama. Und ich haben höllische Angst, dass du etwas idiotisch Selbstloses tun wirst und dabei draufgehst."

Ama weinte stumme Tränen. „Was, wenn er das Selima antut? Damit kann ich nicht leben, Enda."

„Wir finden schon eine Lösung, Baby."

„Wie?"

Doch darauf hatte er keine Antwort.

RAFF WARTETE im Verwandtenzimmer mit Gajendra und Omar. Sein Handy piepte und er blickte darauf, freute sich, dass er sich mit etwas ablenken konnte. Es war eine Nachricht von einem seiner Kontakte.

Ja. Ich kenne diese Männer. Ruf mich zurück, wenn du Zeit hast. Ich hoffe, dass die liebe Inca es schafft.

Wenn Raff in diesem Augenblick nicht solche unbändige Angst gehabt hätte, hätte er vielleicht eine Faust in die Luft gereckt. Endlich eine Spur.

Der Chirurg, erschöpft und müde, betrat den Raum und Raff versuchte, nicht auf das Blut auf seinem Chirurgenkittel zu sehen. Incas Blut. Der Arzt nickte ihm zu. „Sie ist stabil. Wir haben die Quelle der Blutung gefunden; wir hatten ursprünglich gedacht, dass ihre Milz nicht beschädigt worden war, aber dort hat sie geblutet."

„Wird sie wieder gesund?" Das fragte Omar; Raff war zu erleichtert, um zu reden.

Der Arzt zögerte. „Wir haben sie stabilisiert. Mehr können wir im Augenblick nicht sagen. Ich habe noch Hoffnung. Belassen wir es dabei. Sie können morgen Früh zu ihr, Mr. Winter. Bis dahin schlage ich vor, dass sie nach Hause gehen und sich ausruhen."

· · ·

RAFF FUHR NATÜRLICH SOFORT zu seinem Kontakt nach Hause, wo er die Namen der Männer erfuhr, die Inca angegriffen hatten, und endlich einen Weg fand, für die Frau zu kämpfen, die er liebte.

ENDA LEGTE FRUSTRIERT den Hörer auf und Ama streichelte ihm über den Rücken. „Was ist los?"

„Ich muss nach New York. Das Geschäft läuft noch, auch wenn wir außer Gefecht sind, und ich kann Raff nicht bitten, von Inca wegzugehen."

Ama umarmte ihn. „Natürlich kannst du das nicht. Ich habe Trevor und Dustin, die stillen Zwillinge. Geh du nur, Baby. Wir können auch nicht zulassen, dass diese ganze Sache unser Leben unterbricht."

Enda küsste sie. „Habe ich dir heute schon gesagt, dass ich dich liebe?"

Ama grinste. „Nein, aber du hast es mir *gezeigt*. Und wenn du willst, kannst du es mir noch einmal zeigen, bevor ich auf Arbeit gehe." Sie legte sich auf den Rücken, immer noch nackt nach ihrer Dusche, und Enda grinste, legte sich auf sie und schlang ihre Beine um seine Taille.

„Ist das so, *Bella*?"

Ama grinste und seufzte zufrieden, als sie spürte, wie sein Schwanz langsam anschwoll und sich hart an ihren Oberschenkel drückte. „Steck das Ding in mich rein, Gallo."

„Immer muss es nach dir gehen", kicherte Enda und rammte seinen Schwanz tief in sie rein, sodass sie nach Luft rang. In Augenblicken wie diesem tat Ama so, als würde der Rest der Welt einfach verschwinden und als wären sie und Enda die einzigen Menschen auf der Welt.

Sie liebten sich langsam, bis Enda sie zu einem überwältigenden Höhepunkt brachte. Sie strahlte immer noch, als sie eineinhalb Stunden später ihr Büro betrat. Lena grinste sie an.

„Du siehst umwerfend aus, Boss. Das wird doch wohl nicht mit deinem heißen Typen zu tun haben?"

Ama grinste, aber schon bald waren sie unter Arbeit begraben. Enda rief sie an, als er bereits am Flughafen war.

„Bist du sicher, dass alles in Ordnung sein wird? Ich bin gegen zehn wieder zurück."

Ama lächelte in den Hörer hinein. „Ehrlich, Baby, mir geht es gut. Wir haben jede Menge Arbeit, also bin ich vielleicht selbst noch bis spät abends hier."

IHRE VERMUTUNG BESTÄTIGTE SICH. Der Papierkram, der erledigt werden musste, damit sie ihren Posten an einen Nachfolger abtreten konnte, hielt sie den ganzen Tag auf Trab und sie blinzelte Lena an, als diese ihr Büro betrat.

„Lena, geh nach Hause. Ich habe das schon im Griff."

Lena schüttelte den Kopf. „Nein, wenn du bleibst, bleibe ich. Ich habe mir gedacht, dass ich vielleicht nach draußen gehen und uns und Trevor und Dustin Kaffee holen könnte. Und vielleicht ein Sandwich?"

„Wow, das hört sich super an. Bist du sicher, dass das für dich in Ordnung ist?"

Lena grinste. „Ja, absolut."

Ama griff nach ihrer Handtasche. „Dann lass mich dir wenigstens ein bisschen Geld geben."

„Ach, Unsinn. Ich bin gleich wieder da. Putenschinken auf Vollkornbrot, nicht wahr?"

„Du bist ein Engel."

Lena schenkte ihr ein seltsames Lächeln und ging dann. Ama dachte kurz über ihren Gesichtsausdruck nach, zuckte dann aber mit den Schultern und machte sich wieder an die Arbeit.

SIE WAR SO VERTIEFT in ihre Aufgabe, dass sie vergaß, ihren Kaffee zu trinken, bis er bereits kalt geworden war. Sie spielte appetitlos mit dem Sandwich herum.

„Schmeckt es dir nicht?"

Sie blickte auf und sah, dass Lena in der Tür stand. „Doch, es ist lecker, Lena. Tut mir leid. Ich war einfach abgelenkt. Hast du schon gegessen?"

Lena nickte. „Ich stecke den Kaffee mal in die Mikrowelle, wenn du willst? Und mache ihn wieder warm?"

Ama blickte die Tasse kalten Kaffee an und rümpfte die Nase. „Nein, das ist schon in Ordnung. Er ist danach nie genauso gut. Tut mir leid, dass ich ihn vergessen habe."

Lena zuckte mit den Schultern. „Ist nicht schlimm." Sie zögerte in der Tür und Ama blickte sie reumütig an.

„Echt jetzt, Lena, du solltest nach Hause gehen. Ich bin schon fast fertig hier."

„Dann warte ich." Sie verließ das Büro und Ama runzelte die Stirn. Lena verhielt sich ... irgendwie komisch? War das der richtige Ausdruck? Normalerweise war ihre jüngere Freundin immer sofort verschwunden, wenn es Feierabend wurde, und machte mit ihren Freunden die Stadt unsicher. Ama wusste nicht, wie sie dafür die Energie fand und dann trotzdem morgens pünktlich im Büro erscheinen konnte.

Ama stand auf und streckte ihren eingerosteten Körper. Die zwei Glaswände ihres Büros, von denen aus sie über das Atrium des Konservatoriums blicken konnte, spiegelten ihr eigenes Bild wider, nun, da das Atrium in Dunkelheit getaucht war.

Ein Knall ertönte von draußen vor dem Büro und sie drehte sich um in der Erwartung, Lena würde gleich ihren Kopf zur Tür hereinstecken und sich dafür entschuldigen, etwas fallen gelassen zu haben. Stattdessen hörte sie einen gedämpften Schrei und rannte auf die Tür zu. Sie riss sie auf und sah, wie ein maskierter Mann Lena packte.

„Hey!" Wut und Adrenalin strömten durch Amas Adern, als sie ihrer Freundin zu Hilfe kam und sich fragte, wo Trevor und Dustin bloß waren. Sie warf sich mit voller Wucht auf den Typen, der doppelt so groß war wie sie, und er ließ Lena fallen, packte aber stattdessen Ama und bugsierte sie wieder in ihr Büro.

Ama taumelte rückwärts und der Mann warf sich auf sie und

rammte ihr seine Faust in den Magen. Ama bekam kaum Luft und Lena griff den Mann von hinten an, während Ama versuchte, aufzustehen.

Der Mann warf Lena über den Schreibtisch und als Ama auf ihn zurannte, packte er sie und donnerte sie auf die Tischplatte nieder.

Amalia trat ihm gehörig in die Eier und der Mann sank zu Boden. Ama rutschte vom Schreibtisch herab und rannte zu Lena hinüber, um ihr zu helfen. Sie war schon beinahe da. Doch dann schrie Lena und Ama wurde von hinten gepackt.

„Nein! Tu ihr nicht weh!"

Aber ihr Angreifer warf Ama mit aller Wucht an eines der gläsernen Fenster. Das Glas zersprang und Ama sank auf den Boden. *Schmerzen. So viele Schmerzen.*

Ihr Angreifer drehte sie um und nun bemerkte Amalia, dass sie von einem Glassplitter aufgespießt worden war, der nun aus ihrer Seite ragte. Sie fühlte sich schwach. Ihr Angreifer lachte auf und riss den Splitter aus ihr heraus. Noch mehr Schmerzen. Aber sie konnte sich weder bewegen noch schreien. Dann hörte sie Lena schreien. „Nein! Nein! Bitte, bitte nicht. Ich habe doch schon getan, was Sie von mir verlangt haben!"

Ama keuchte und setzte sich auf, in dem Augenblick, als der Mann mit der tödlichen Klinge aus Glas Lenas Kehle durchschnitt. Ama brüllte ihn an.

„Nein!"

Aber es war zu spät. Lenas Kehle klaffte offen und sie versuchte, sie zuzudrücken, während das Blut aus ihr herausspritzte. Sie blickte Ama mit großen Augen voller Angst und Trauer an. „Es tut mir leid", krächzte sie, sackte dann auf den Boden und aus ihrer Kehle floss heißes, rotes Blut auf den Teppich. Ama versuchte, sich zu bewegen, aber die Schmerzen in ihrer Seite von der Schnittwunde machten ihr zu schaffen und der Angreifer konnte sie mit Leichtigkeit aufnehmen. Als er sie über seine Schulter warf, sah sie Trevor und Dustin, wie sie vor dem Büro zusammengesackt auf dem Boden saßen. Waren sie tot? Um diese Uhrzeit war sonst niemand mehr im Konservatorium, niemand würde erfahren, dass sie entführt wurde. Sie brüllte und schrie, aber dann rammte ihr Angreifer ihren Kopf gegen die Wand, und sie verlor das Bewusstsein.

D IE N ACHRICHT WURDE VERBREITET, als Enda gerade vom Flughafen nach Hause fuhr, und er fuhr fast mit dem Auto in einen Graben. „Nein, nein, bitte…"

Im Radio berichteten sie nur: „Mord im San Francisco Musik-Konservatorium … zwei junge Frauen wurden angegriffen. Der Tod einer jungen Frau wurde bestätigt. Die andere wird vermisst …"

Er wusste sofort, dass es sich dabei um Ama handelte. Jackson hatte seine Drohungen wahr gemacht. Während er den Weg zum Konservatorium einschlug, musste er sich Mühe geben, die Nachrichten aus dem Radio durch das Rauschen in seinen Ohren zu hören. *Bitte nicht …*

Sein Handy klingelte laut und er drückte auf den Lautsprecher. „Gallo."

„Enda, ich bin es." Olivier. „Ama wird vermisst. Hast du von dem Mord gehört?"

„Ja", sagte Enda und verspürte eine immense Erleichterung. Vermisst. Nicht tot. „Ama ist entführt worden?"

„Ja. Wir glauben, dass Jackson eine ihrer Vertrauenspersonen benutzt hat. Amas Assistentin. Amas Bodyguards sind unter Droge gesetzt worden. Sie haben uns gesagt, dass die Assistentin Kaffee holen war, weil sie noch Überstunden gemacht haben. Die beiden Bodyguards haben ihren getrunken, aber Amas Tasse war noch voll. Hör mal, wo bist du?"

„Ich bin auf dem Weg zum Konservatorium."

„Fahr nicht dorthin. Komm nach Hause. Das FBI klappert diesen Ort schon ab und wenn du da bist, machst du alles noch komplizierter. Die Bodyguards werden im Krankenhaus untersucht, aber danach kommen sie hierher. Wir starten von hier aus die Suche nach Ama und Selima."

Enda fuhr mit dem Auto rechts ran. Er zögerte einen Augenblick lang. „Er wird sie umbringen, Olivier. Er wird sie beide umbringen."

Er hörte Olivier seufzen. „Nicht unbedingt, Enda. Ama ist ein schlaues Mädchen. Sie weiß schon, wie sie seine Fantasien nähren muss. Wie sie ihn überzeugen kann, dass sie doch mit ihm zusammen sein will. Wenn er darauf hereinfällt ... wer weiß, was Ama dann noch alles fertigbringt. Wir müssen jetzt einfach an sie glauben."

Enda nickte und schloss die Augen. „Das tue ich. Ich glaube an sie. Aber ich kann nicht hierbleiben und nichts tun."

„Ich weiß. Komm nach Hause, Bruder, und wir fangen gleich heute Abend an."

RAFF STRICH seiner Frau das Haar aus dem Gesicht. Stundenlange Operationen hatten sie wieder einmal gerettet, aber sie hatten sie ausgelaugt und sie schlief bereits seit ein paar Tagen beinahe durchgehend und war kaum zu einem Gespräch fähig. Raff hatte besorgt den Doktor gefragt, ob Inca Hirnschäden davongetragen haben könnte, aber der Arzt hatte ihm versichert, dass das nicht der Fall war.

„Sie ist einfach nur erschöpft, Raffaelo, und meiner Meinung nach leidet sie immer noch unter dem Angriff. Ich habe mir schon Sorgen gemacht, dass sie nicht das zu verarbeiten scheint, was passiert ist, und ich glaube, dass tut sie jetzt. PTSS kommt sehr häufig vor bei Opfern von Gewaltverbrechen und vor allem bei Incas Vergangenheit überrascht es mich nicht. Sie fängt sich schon wieder, versprochen. Bis dahin wird ihr ein Psychologe helfen."

Raffaelo war erleichtert gewesen, dass es etwas war, was sie gemeinsam schaffen konnten. Es machte ihn fertig, dass Inca schon wieder angegriffen worden war; mit wie viel sollte diese Frau noch fertig werden?

Stella tippte ihm auf die Schulter, als sie zu Inca zu Besuch kam. Raff lächelte sie an. „Danke, Stella. Wie schön, dass du da bist."

Stella nickte. „Die Freude ist ganz meinerseits. Warum gehst du nicht nach Hause und ruhst dich ein wenig aus?"

Raff blickte auf Inca. Sie schlief wieder ruhig und atmete gleichmäßig. „Ich denke, das werde ich. Ruf mich an, wenn du etwas brauchst."

Er war fast zu Hause, als ihn der Anruf erreichte. „Raff ... ich habe sie."

Raff spürte, wie das Adrenalin durch seine Adern strömte. Es war sein Kontakt aus dem Untergrund. „Wo sind sie?"

Der Kontakt nannte ihm ein verlassenes Lagerhaus am Rande der Stadt. „Bist du dir sicher, dass sie es sind?"

„Oh ja."

Raff biss die Zähne zusammen. „Ich bin gleich da."

Während er aus der Stadt hinausfuhr, versuchte er, ruhig zu bleiben und sich ins Gedächtnis zu rufen, dass diese beiden Männer vielleicht über Informationen verfügen könnten, die dabei helfen könnten, Ama und Selima zu finden. Dass er alles kaputtmachen könnte, wenn er sie umbrächte. Denn das war das Einzige, was er im Augenblick tun wollte – den Mistkerl in Stücke reißen, der auf seine geliebte Inca eingestochen hatte, und dem Kerl den Schädel einschlagen, der sie festgehalten und somit wehrlos gemacht hatte.

Du hilfst dir damit nicht gerade, Kumpel. Aber er bekam die angstvollen Augen seiner Frau nicht aus dem Kopf, während diese Männer versuchten, sie zu töten.

Als er die Lagerhalle erreichte, blieb er noch kurz in seinem Auto sitzen und versuchte, seine Nerven zu beruhigen. Como, sein Kontakt, kam nach draußen, um ihn zu treffen. „Hey."

Raff nickte. „Hey. Danke, dass du das für mich getan hast."

Como lächelte schwach. „Dieser Abschaum hat deiner lieben Freundin wehgetan. Die Freude ist ganz meinerseits."

Raff folge ihm in die Lagerhalle. Die beiden Angreifer knieten auf dem Boden und waren offensichtlich verprügelt worden: das Werk von Comos Männern. Raff war das egal. Seine Augen richteten sich auf den Mann, der so gnadenlos auf Inca eingestochen hatte. Der Mann erwiderte seinen Blick und grinste hämisch.

„Na, wenn das mal nicht der Ehemann der Hure ist."

Raffs Faust rammte sich nur Sekunden später in den Kiefer des Mannes, seine Wut war entfesselt. Er prügelte den Mann fast bewusstlos, bevor Como ihn von ihm herunterzog. Como flüsterte Raff ins Ohr.

„Mein Freund ... hör auf damit. Schau den Komplizen an ... er hat Angst. Er wird mit dir reden."

Raff rieb seine schmerzende Hand und trat von dem hustenden, atemlosen Mann auf dem Boden weg. Er blickte den Komplizen an, der seinen Blick mit großen, angsterfüllten Augen erwiderte.

„Bitte", sagte der Mann. „Es tut mir leid. Es tut mir leid, dass ich ihm geholfen habe ... ich verspreche dir, ich dachte, dass er sie nur quälen wollte ... ich habe das Messer nicht gesehen."

Como schnaubte angewidert. „Du dreckiger Lügner."

Raff machte einen Schritt auf den Mann zu und der wich zurück. Comos Wache trat ihm in die Nieren und er stöhnte auf. „Ich schwöre, mein Freund, ich habe von nichts gewusst ..."

„Wer hat euch bezahlt?", sagte Raff grimmig. „Und lüg mich bloß nicht an."

„Jackson Gallo. Das hat er", er nickte in Richtung seines verletzten Begleiters, „mir gesagt. Er hat mir gesagt, dass Gallo ein Ablenkungsmanöver brauche, um seiner Exfrau eine Nachricht mitzuteilen. Wir sollten deine Freundin eigentlich entführen. Das hat er mir zumindest gesagt ... er hat gesagt, ich solle ihre Arme packen und sie hinter ihrem Rücken festhalten. Er hatte eine Kamera. Er hat gesagt, Gallo wolle ihre Angst sehen. Aber damit hat er gemeint ... er wolle sie sterben sehen. Als er auf sie eingestochen hat ... habe ich Panik bekommen. Ich dachte, wenn ich etwas täte, würde er mich auch umbringen und meine Kohle kassieren. Es tut mir so leid wegen ihr. Wirklich."

Der Mann brabbelte nun vor sich hin und Raff spürte, wie die Worte unglaubliche Schmerzen in ihm auslösten. So unnötig, so brutal. Er wandte sich wieder an den Angreifer. „Du. Jetzt redest du. Ich will alles wissen. Und dann kommst du vielleicht mit dem Leben davon."

Der Mann spuckte Blut auf den Boden. „Ich weiß nichts. Außer, was er dir gerade gesagt hat. Gallo wollte sie tot sehen. Er hat gemeint, dann wisst ihr, dass mit ihm nicht gut Kirschen essen ist. Ich habe ihn gefragt, warum er es nicht selbst tun wollte. Er hat mir gesagt, er könne die Staaten nicht verlassen – er sei untergetaucht. So hat er es gesagt."

Raff kaute auf seiner Unterlippe herum. „War das ein Telefongespräch oder ein Videotelefongespräch?"

„Video."

„Hast du es aufgenommen?"

Der Mann schüttelte den Kopf. Aus seiner Nase strömte Blut. „Nein."

Raff seufzte frustriert. „Sag mir, von wo aus er angerufen hat. Das Zimmer. Was war vor dem Fenster? Wie hat das Zimmer ausgesehen?"

Der Mann zögerte. „Ich hatte den Eindruck, es wäre ... ich meine, es gab keine Fenster und seine Stimme hatte irgendwie ein Echo. Wenn ich raten müsste, würde ich sagen, dass es unter der Erde war."

Raff blickte dem Mann in die Augen. Er hatte keinen Grund mehr, ihn anzulügen; der Tod war ihm sicher, sobald Raffaelo auch nur ein Wort davon sagte. Selbst ein hartgesottener Krimineller wie er wusste, dass er sich nur retten konnte, indem er ihnen half.

Raff drehte sich um und ging zu Como zurück. Der andere Mann beugte sich zu ihm vor. „Was sollen wir mit ihnen tun?"

Raff antwortete nicht, kämpfte mit seinem Moralverständnis, und Como sah es ihm an. „Raff, was auch immer du brauchst ... wir erledigen das für dich. Es wird niemals mit dir in Verbindung gebracht werden. Lass mich das mit ihnen erledigen."

Raff senkte den Kopf und rieb sich die Augen. Es wäre so einfach, Como einfach die Typen umbringen und die Körper entsorgen zu lassen. Aber Raff wusste noch von früher, wie sehr die Verantwortung auf ihm lasten würde. Er hatte bereits töten müssen, um Incas Leben zu retten, und es war ihm gar nicht gut bekommen, obwohl er nichts daran ändern würde. Knox Westerwick hatte gerade auf Inca eingestochen, als Raff ihn getötet hatte. Diese Situation war anders.

Er blickte Como an. „Nein. Vielleicht wissen sie noch mehr. Liefer sie an die Polizei aus."

„Bist du dir sicher?"

Raff nickte. „Sehr. Zu viel Blut ist bereits vergossen worden. Sie können im Gefängnis verrotten."

ER WUSSTE, dass er die richtige Entscheidung für sich, Inca und Amalia getroffen hatte. Jetzt war jedes Bisschen Information von Bedeutung und während er zum Krankenhaus zurückfuhr, rief er Enda an und erzählte ihm, was er entdeckt hatte. Ein müder, erschütterter Enda dankte ihm.

„Gibt es Neuigkeiten, Enda? Irgendwas?"

„Noch nicht, Raff. Aber das wird uns helfen ... wir wissen jetzt, dass sie irgendwo in Kalifornien sind. Wenn dein Kontakt recht hat und sie irgendwo unter der Erde sind, dann schränkt das die Suche schon mal ein, vorausgesetzt, es gibt davon irgendwo ein Verzeichnis."

Raff hörte die Verzweiflung in der Stimme seines Freundes. „Ich habe das auch schon durchgemacht, Enda. Ich weiß, wie du dich fühlst. Wir finden sie, das verspreche ich dir."

Enda schluchzte erstickt auf. „Gott, ich hoffe es so sehr ... ich weiß nicht, was ich tun soll, wenn wir sie nicht finden."

AMA WAR FAST BLIND vor Kopfschmerzen und einen langen Augenblick lang überlegte sie ernsthaft, die Augen überhaupt nicht zu öffnen. Ihr schwirrte der Kopf, ihre Brust war ihr eng und sie bemerkte, wie ihre Handgelenke zusammengeschnürt wurden und das Plastik in ihre Haut schnitt. Ihr Mund war staubtrocken und sie hatte keine Ahnung, wie spät es war oder wo sie sich befand.

Sie öffnete die Augen. Über ihr leuchtete eine grelle Neonröhre und ihr tränten die Augen davon. Sie blinzelte mehrfach schnell hintereinander und dann sah sie ihn. Jackson.

„Hallo, meine Liebe."

Ama richtete sich mit Mühe auf und sah, dass sie sich in einer Art Zelle befand, vier graue Betonwände ohne Fenster. „Wo ist meine Schwester?"

Jackson lächelte. „In Sicherheit. Ihr Zimmer ist viel bequemer als das hier. Wenn du brav bist, dann bringe ich euch vielleicht gemeinsam unter."

Amas Brust schnürte sich noch mehr zusammen. „Du hast mich doch jetzt, Jackson. Lass sie frei. Bitte." Alles in ihr wehrte sich dagegen, ihn um etwas anzuflehen, aber für Selimas Sicherheit hätte sie alles getan.

Jackson lachte. „Wirklich? Denkst du, dass es so einfach ist?"

Er setzte sich neben sie. „Ich binde dich jetzt los. Wenn du irgendeine Dummheit versuchst, dann werden meine Männer Selima zuerst quälen und sie dann töten. Hast du mich verstanden?"

Ama nickte und Jackson zückte ein Messer. Er schnitt die Plastikschnüre durch und Ama rieb sich erleichtert die Handgelenke, wobei sie die Klinge im Auge behielt, die Jackson in der Hand hatte. Er bemerkte ihren Blick und grinste. „Jap. Ich muss dir ja nicht mal sagen, dass die hier in deinem schönen Körper landet, wenn du auch nur daran denkst, zu fliehen, nicht wahr?"

„Was willst du von mir, Jackson?"

Er beugte sich vor und drückte seine Lippen auf ihre, bevor er ihr antwortete. „Meine Frau. Das ist doch nicht zu viel verlangt, oder?"

„Wozu brauchst du dann Selima? Bitte, Jackson, ich mache alles, was du willst. Lass sie nur einfach frei."

Jackson betrachtete sie eingehend. „Beweise mir, dass du eine gute, gehorsame Frau sein kannst, dann denke ich darüber nach. Das verspreche ich dir. Aber du musst in jedem Sinne meine Frau sein, Ama. In jedem Sinne. Verstehst du mich?"

Ama schloss die Augen und nickte. *Himmel, Enda ... vergib mir.* Sie spürte, wie Jackson ihr Kleid aufknöpfte und die kühle Luft über ihre Haut strich, während er sie auszog. Sie dachte sich weit weg, als er seinen Mund auf ihre Brüste und ihren Bauch drückte. *Tu so, als wäre es nicht er*, sagte sie sich immer wieder. Sie versuchte, sich an einen schönen Moment zwischen ihr und Enda zu erinnern, aber dann verdrängte sie diesen Gedanken. Sie wollte diese Vergewaltigung – denn das war es – nicht für immer mit dem unglaublichen Liebesspiel verbinden, das zwischen ihr und Enda ablief.

Als Jackson ihre Beine um seine legte und in sie hineinstieß, lief eine Träne über Amas Wange. Wenn es nicht um Selima gegangen wäre, wäre sie lieber gestorben als diesem abstoßenden Mann in ihr nachzugeben. Jackson fickte sie, keuchte und rief ihren Namen dabei so laut, dass sie sich auf einmal voller Schrecken fragte, ob Selima es hören könnte, wo auch immer sie war, und wissen würde, was gerade passierte.

Das schmerzte sie am meisten. Als Jackson fertig war, konnte Ama nicht anders, als in Tränen auszubrechen. „Ja, heul so viel du willst. Das nächste Mal erwarte ich von dir, wenigstens so zu tun, als würde es dir gefallen. Wenn dir das gelingt, dann bringe ich dich zu deiner Schwester, aber du musst wirklich alles geben, Ama."

ENDA KONNTE NICHT SCHLAFEN. Er übernachtete zurzeit bei Olivier und sein Bruder tat alles, um Enda aufzumuntern und ihm Hoffnung zu geben. Aber obwohl er Olivier liebte, konnte er die schwarze Wolke nicht vertreiben, die über seinem Kopf hing. Enda vermisste Ama – ihre Gegenwart, ihre Stimme, ihr Lachen und ihren Duft. Er hasste es, alleine aufzuwachen. Jetzt, in den frühen Morgenstunden, lag er auf seinem Rücken und blickte auf „ihre" Seite des Bettes hinüber. Er stellte sich vor, sie läge da, auf ihrem Bauch schlafend, die Augen geschlossen, die dicken, dunklen Wimpern auf ihre Wangen gebettet. Stellte sich vor, wie ihre grünen Augen sich verschlafen öffneten, aber freundlich dreinblickten, als sie ihn sahen.

„Hallo, Baby."

Er würde sich zu ihr hinüberbeugen und mir ihren Lippen über ihre streichen und sie dann zum Lachen bringen, indem er sein stoppeliges Kinn an ihrem rieb. Sie würde diesen himmlischen Körper strecken, während er über die Matratze zu ihr rutschen würde, sein Schwanz bereits prall und hart für sie, und sie würde die Arme für ihn öffnen und ihre Beine um seine Taille schlingen, während er sich in ihre samtige, feuchte Muschi gleiten ließ. Sie würden sich langsam lieben, jede Empfindung genießen, die sie durchzuckte, würden sich nicht um den morgendlichen Mundgeruch scheren, sondern einander nur verliebt anblicken. Liebe. Solch reine Liebe. Je erregter sie wurden, desto härter, schneller, tiefer würden seine Stöße werden, und er würde hören, wie sie um Luft rang. Wenn sie kommen würde, würde sie sich aufbäumen, ihren Bauch gegen seinen drücken, ihren Kopf in den Nacken werfen und ihre roten Lippen leicht öffnen, während sie entfesselt aufstöhnen würde.

Ama …

Die Trauer in ihm erdrückte ihn, und Enda stand auf und zog sich an. Er konnte nicht einfach nur dasitzen und abwarten, dass die Polizei hier auftauchte und ihm sagte, dass sie ihre Leiche gefunden hatten. Selbst wenn Olivier recht hatte und Ama wusste, wie sie Jackson zu manipulieren hatte, quälten Enda die Gedanken an die Dinge, die sie dafür vielleicht tun musste.

Er schlich sich aus dem Haus und stieg in sein Auto. Die Polizei hatte gesagt, die alte Villa der Gallos sei von dem Feuer vollständig zerstört worden; er würde dorthin fahren und nachsehen, ob er nicht vielleicht ein Indiz finden konnte, irgendetwas, was nicht von den Flammen verschlungen worden war, und was ihm einen Hinweis darauf gab, wo Jackson Ama festhielt.

„NEIN! Nein! Nicht. Bitte nicht. Ich habe doch schon getan, was Sie von mir verlangt haben!"

Ama erwachte plötzlich. Lena … sie hatten sie getötet, aber was hatte sie gemeint mit *„Ich habe doch schon getan, was Sie von mir verlangt haben!"*? War sie in die Entführung verwickelt? Ama wurde übel, sie rannte in die kleine Toilette in einer Ecke des Raumes und übergab sich, bis sie erschöpft auf dem Boden zusammenbrach. Zum ersten Mal bemerkte sie die kleine Kamera in einer oberen Ecke des Raumes, die direkt auf das Bett gerichtet war. Er beobachtete sie. Amas Haut fing an, zu jucken. Wie sollte sie ihm bloß entkommen? Viel wichtiger, wie sollte sie Selima vor ihm beschützen?

Ama zuckte zusammen. Die Wunde in ihrer Seite, die ihr der Glassplitter im Konservatorium zugefügt hatte, war rudimentär verbunden worden von wem auch immer sie zu Jackson gebracht hatte, aber der Verband fühlte sich schwer an. Sie löste ihn und stöhnte auf. Die Wunde war genäht worden, aber die Haut um sie herum sah gereizt und rot aus. Entzündet. Verdammt. Wenn sie an Blutvergiftung starb, hätte Jackson keinen Anreiz mehr, Selima frei-zulassen oder sie am Leben zu behalten. Ama wurde zu ihrem Unglück bewusst, dass sie ihn um Hilfe würde bitten müssen. Sie stolperte zu der Kamera hinüber und zeigte auf ihre Wunde.

„Sie ist entzündet", sagte sie, obwohl sie nicht wusste, ob das Zimmer verwanzt war oder irgendjemand sie hören konnte. „Ich brauche Antibiotika."

Sie setzte sich wieder aufs Bett und fühlte sich fiebrig und krank, Zehn Minuten später wurde die Tür aufgesperrt und Jackson trat ein, gefolgt von einem kleineren, nervös aussehenden Mann.

„Das ist Dr. Harris", sagte Jackson knapp. „Er ist hier, um dir zu helfen."

Ama nickte und versuchte, den Arzt anzulächeln. „Meine Wunde ist entzündet."

Dr. Harris seufzte und sah Jackson an. „Ich habe es ihnen doch gesagt, Mr. Gallo. Diese Wunde ist tief. Ich habe mein Bestes gege-ben, aber ich bin kein Chirurg. Sie muss ins Krankenhaus."

Jacksons Gesicht war ausdruckslos. „Das wird nicht geschehen. Dr. Harris, ich schätze, Sie wissen, was passiert, wenn Ama an dieser Wunde stirbt?"

Der Arzt sah blass aus, nickte aber. „Ich werde ihr Blut abnehmen müssen. Ich werde versuchen, dass sie es schnell und anonym analy-sieren können. Inzwischen werde ich die Wunde säubern und Mrs. Gallo Antibiotika verschreiben."

„Tun Sie das."

Während er arbeitete, sah Ama Jackson an. Es war schon drei Tage her, dass er sie vergewaltigt hatte, und Jackson hatte seitdem mehrmals pro Tag Sex von ihr verlangt. Ama hatte versucht, so zu tun, als genieße sie es, während sie innerlich beinahe gestorben war, und Jackson hatte darauf reagiert. Er hatte ihr zusätzliche Decken und Kissen gebracht, zusätzliches Essen und Trinken und ein paar Bücher. Sie fragte sich, ob sie ihn nun um die eine Sache bitten konnte, die sie sich am meisten wünschte.

„Jackson ... darf ich bitte meine Schwester sehen? Wenigstens für fünf Minuten? Ich ... du wirst es nicht bereuen später." Sie wurde puterrot, als der Arzt ihr einen seltsamen Blick zuwarf, aber Jackson nickte.

„Von mir aus. Fünf Minuten."

Sie wurde wieder alleine eingesperrt, während Jackson den Arzt nach draußen brachte, dann kehrte er zu ihr zurück. Er band ihr die Hände hinter dem Rücken zusammen. „Nur für den Fall, dass du auf den Gedanken kommst, Selbstmord sei eine Möglichkeit, und mich angreifst", sagte er. „Ich binde dich los, wenn du bei Selima bist. Du kannst heute eine Stunde mit ihr haben, aber ich erwarte von dir, dass du mich dafür heute Abend mit einem Lächeln erwartest. Verstanden?"

Ama nickte und dachte nur voller Vorfreude an das Wiedersehen mit ihrer Schwester. Jackson führte sie durch die Gänge der Einrichtung. Ama konnte keine Fenster sehen und bemerkte schnell, dass sie unter der Erde waren. Der Gedanke betrübte sie. Wie sollten sie so jemals gefunden werden?

Je weiter sie gingen, desto hergerichteter sahen die Flure aus und als sie Selimas Zimmer erreichten, hätte man die Einrichtung genauso gut mit einem Vier-Sterne-Hotel verwechseln können. Jackson öffnete die Tür und Selima drehte sich um; als sie Ama sah, stand ihr der Schock ins Gesicht geschrieben.

„Ama!" Selima fing laut an zu weinen, während Jackson Amas Hände losband und das Zimmer verließ. Die beiden Schwester hörten, wie das Schloss verriegelt wurde, dann fielen sie einander in die Arme.

„Ich kann gar nicht glauben, dass er dich hierhergeholt hat", sagte Selima. „Was ist passiert?"

„Ich glaube, er hatte jemanden eingeschleust. Meine Güte, wie froh ich bin, dich zu sehen, aber ich wünschte, du wärst nicht hier, wenn du weißt, was ich meine. Wie geht es dir? Hat Jackson ...?"

Sie brachte die Worte nicht über die Lippen und Selima, die ihr die Verzweiflung ansah, schüttelte den Kopf. „Nein. Er hat mich nicht angefasst, versprochen." Sie sah blass aus. „Er hat Chase umgebracht, Ama. Er hat meinen Freund umgebracht.

Ama schüttelte den Kopf. „Nein, Chase ist am Leben, Selima, ich schwöre es dir. Es geht ihm nicht gut, das stimmt, aber er ist eine Kämpfernatur, und weiß Gott, er liebt dich. Er ist ein toller Kerl."

Selimas Tränen kehrten zurück und Ama umarmte sie, während sie erleichtert weinte. „Oh, Gott sei Dank. Gott sei Dank."

Ama vergrub ihre eigenen Tränen in Selimas Haar. „Es tut mir so leid, Schätzchen, das alles. Es ist meine Schuld. Ich hätte ihn nie heiraten sollen ... wir hätten schon einen anderen Ausweg gefunden, um dich von deinem schrecklichen Ex wegzuholen."

Selima schniefte und wischte sich über die Augen. „Du weißt, dass das nicht wahr ist. Er hätte mich eher umgebracht, als mich gehen zu lassen, wenn Omars Männer sich nicht darum gekümmert hätten, dass er mich nicht finden konnte."

„Himmel", sagte Ama nun wutentbrannt. „Was ist bloß los mit diesen Männern? Wir sind keine Besitztümer, ihr Arschlöcher!"

Sie brüllte es laut heraus und Selima lächelte. „Das gefällt mir schon besser." Sie seufzte. „Ich bin froh, dass es Chase gut geht. Wenigstens ist sonst niemand zu Schaden gekommen."

Irgendein Zucken musste sie in Amas Gesicht gesehen haben, denn sie wurde blass. „Wer?"

Ama zögerte. „Inca. Jackson hat sie angreifen lassen. Sie hätte beinahe nicht überlebt."

Selima sah aus, als würde ihr schlecht. „Inca? Wieso das denn?"

Amas Mund verzog sich zu einem Lächeln. „Jackson mag es gar nicht, wenn schöne Frauen ihn wütend machen und ihn wie ein Kind behandeln. Er ist einfach richtig kleinlich und gefährlich. Er hat zwei Männer angeheuert, um Inca zu erstechen, und es ist ein Wunder, dass sie überlebt hat ... schon wieder."

„Ihr geht es gut?"

„So würde ich das nicht sagen, aber sie ist außer Gefahr. Zumindest, soweit ich weiß. Ich bin schon seit drei Tagen hier und ich bin mir nicht sicher, wie lange ich bewusstlos war."

Sie erzählte Selima, wie ihre Entführung abgelaufen war, und wie verwirrt sie über Lenas Verwicklung gewesen war. Selima hörte mit grimmigem Gesichtsausdruck zu.

„Dieses verdammtes Miststück", spuckte sie. „Ich habe nicht den geringsten Zweifel, Ama. Diese hinterhältige ..."

„Sie haben sie umgebracht, Selima." Amas Stimme brach. „Vor meinen Augen. Er hat ihr die Kehle durchgeschnitten und ich habe ihr zugesehen, wie sie gestorben ist. Sie ist schon seit Jahren meine Assistentin ... ich weiß nicht, warum sie so etwas hätte tun sollen. Bis ich ihren Grund nicht weiß, kann ich sie nicht verurteilen ... das kann ich einfach nicht."

Selima umarmte ihre Schwester fest. „Stimmt. Ich weiß. Tut mir leid." Sie seufzte. „Hör mal, es ist meine eigene Schuld, dass ich hier bin. Enda wollte, dass ich Bodyguards bekomme, aber an diesem Abend wollte ich einfach nur mit Chase alleine sein, also habe ich sie nach Hause geschickt. Dumm genug. Chase ist angeschossen und ich bin entführt worden. Wenn ich doch nur ..."

„Ich glaube, wir können tausende solcher Möglichkeiten in unserem Kopf durchspielen, aber am Ende ist immer noch Jackson an allem schuld."

Selima betrachtete ihre Schwester eingehend. „Er zwingt dich zum Sex, nicht wahr?"

Ama nickte. „Aber den Preis bezahle ich gerne für deine Sicherheit."

Selima würgte und rannte in das kleine Badezimmer ihrer Suite. Ama, der auch schlecht war, folgte ihr und blickte sich in dem kleinen Zimmer um. Keine Fenster. Ama fühlte sich langsam klaustrophobisch. „Wir sind unter der Erde, oder nicht?"

Selima nickte. „Ja." Sie blickte zu der Kamera und dem Mikrofon hinauf, das über ihnen hing, packte dann Amas Hand und umarmte sie, um zu verstecken, was sie gerade tat. Sie fuhr ein Wort mit dem Finger auf Amas Handfläche nach, wie sie es früher getan hatten, als sie noch Kinder gewesen waren und Geheimnisse vor ihren Eltern gehabt hatten.

Fresno.

Ama war schockiert. Himmel, sie waren gar nicht weit weg von zu Hause ... sie öffnete ihren Mund, um eine Frage zu stellen, aber Selima schüttelte den Kopf. *Stimmte ja.* Sie wurden beobachtet.

Den Rest der Stunde lagen sie beieinander auf Selimas Bett und redeten über unverfängliches Zeug ... Essen und das Haus ihres Onkels in Hyderabad, wo sie als Kinder viele glückliche Sommer zugebracht hatten. Ama redete nicht über Italien oder Enda oder ihr Leben dort. Sie lernte von Selima, all ihre Gespräche neutral und unverfänglich zu halten. Vielleicht würden sie öfter Zeit miteinander verbringen dürfen, wenn Ama sich „benahm". Vielleicht würden sie sogar zusammengelegt werden. Wenn sie zusammen schlafen durften, könnten sie sich nachts mit ihrer Kindersprache verständigen und einen Fluchtplan schmieden.

SPÄTER BRACHTEN die Wachen sie in eine andere Suite, nicht so weit entfernt von der von Selima, die auch eher aussah, wie ein Hotelzimmer. Auf dem Bett lag eine Schachtel mit einem Brief, teurer Unterwäsche und einem schönen, dunkelroten Abendkleid. Ama las den Brief.

WASCH DICH UND zieh dir diese Kleider an. Heute Abend werden wir in deiner neuen Suite zu Abend essen und dann wirst du dich mir dankbar erweisen. Wenn du mich zufriedenstellst, können wir uns über die Unterbringung von dir und deiner Schwester unterhalten.

AMA WOLLTE LOSHEULEN. Sie schloss die Augen und setzte sich auf das Bett. Würde das also wirklich passieren? Sie würde zum Sex mit einem Mann gezwungen werden und so tun, als wäre es die Erfüllung ihrer Träume, um das Leben der Menschen zu retten, die sie liebte. Welches Ergebnis erwartete Jackson eigentlich von alledem? Erst da wurde ihr klar – vielmehr gestand sie es sich ein – was sie bereits wusste. Sie, Ama, *sollte* gar nicht überleben. Jackson würde sie unterwerfen, bis er ihrer müde wurde, sie dann umbringen und seine nächste Obsession entwickeln.

In diesem Fall, dachte sie wütend, *werde ich sichergehen, dass Selima nach Hause kommt und ich werde alles tun, damit das geschieht. Und wenn ich schon sterben muss ... dann werde ich dafür sorgen, dass Jackson mich begleitet.*

Sie ging ins Bad der Suite und ließ heißes Wasser in die Wanne. Eine Auswahl an Pflegeartikeln waren dort aufgestellt. Sie musste zugeben, dass es eine Erleichterung war, wieder sauber zu sein, als sie in das warme Wasser stieg. Auf der Ablage lagen Päckchen frischer Unterwäsche und frische Verbände für ihre Wunde.

Sie lehnte sich in der Wanne zurück und ließ ihre Gedanken zu schönen Erinnerungen abschweifen. In ihrer Villa in Italien war ihre Badewanne eine große, eiserne Antiquität gewesen, das eine halbe Stunde brauchte, um vollzulaufen, aber es war die bequemste Wanne, in der sie je gelegen hatte. Sie und Enda ließen es sich oft darin gutgehen, küssten sich und plauderten, während der Abend langsam zur Nacht wurde. Oft würden sie bereits in der Wanne beginnen, sich zu lieben.

Die Nacht, an die sie sich nun erinnerte, lag nur ein paar Monate zurück. Enda war spät von Arbeit zurückgekommen und Ama hatte gerade eine neue Suite für ihre Schüler komponiert, die sie lernen konnten, wenn sie ihren Posten wieder antrat. Sie hatte dabei die Zeit vergessen und erst, als sie von ihrer Arbeit aufblickte, bemerkte sie, dass es bereits nach acht Uhr war. Da sie immer ihr Handy ausstellte, wenn sie komponierte, hatte sie es erst dann in die Hand genommen und gemerkt, dass sie einen Anruf von Enda verpasst hatte. Sie hatte ihn zurückgerufen.

„Ciao, Bella."

Sie hatte gegrinst. „Hallo, mein Schöner. Tut mir leid, dass ich deinen Anruf verpasst habe. Ich habe gerade komponiert."

„Das habe ich mir fast gedacht. Hör mal, ich rufe nur an, um dir zu sagen, dass ich spät dran sein werde. Soll ich Pizza zum Abendessen mitbringen?"

„Solange wir im Bett essen können."

Enda hatte gelacht. „Das habe ich auch gehofft. Mensch, was für ein Tag."

„Gut oder schlecht?"

„Gut, aber sehr beschäftigt. Raff und ich haben vielleicht ein paar Investoren an Bord, die sich für die Musikschulen interessieren."

„Hört sich spannend an."

„Ha", kicherte Enda. „Spannend wird es erst, wenn wir die Schulen bauen. Das ist der langweilige Teil, der die Mühe aber wert ist. Wie läuft das Komponieren?"

„Ganz okay ... aber ich bin noch nicht ganz zufrieden. Wo bist du jetzt?"

„Vor Lucios", hatte er gesagt und damit den Namen ihres Lieblingsitalieners genannt.

„Gut, also bist du bereits auf dem Nachhauseweg."

„Ich bin in ein paar Minuten bei dir, *cara mia*."

Sie hatte ihn an der Haustür abgeholt, nur in eines seiner weißen T-Shirts gekleidet. Er hatte gegrinst, während er die Pizza hineingetragen hatte, und war kurz stehengeblieben, um sie zu küssen. „Ich bin der größte Glückspilz der Welt."

„Das kannst du laut sagen."

Die Pizza war kalt geworden, denn während sie sich küssten, waren sie auf den Boden gesunken, Ama hatte ihm die Anzugjacke und Krawatte ausgezogen und Enda hatte sein T-Shirt über ihren wunderschönen Kopf gezogen. Er hatte sie auf den kalten, harten Fliesenboden der Lobby gedrückt und sie dort genommen, Ama hatte seinen Namen gerufen, als sein Schwanz in sie gepflügt war, ihre Hüften hatten gebrannt, so weit hatte er sie auseinandergedrückt.

Danach hatten sie im Bett Pizza gegessen und sich dann ein Bad gegönnt. Es hatte nicht lange gedauert, da hatte Ama, die sich an Endas Brust gelehnt hatte, bereits umgedreht und sich unter Wasser auf seinen Schoß gesetzt, erst seinen Schwanz gestreichelt und sich dann darauf niedergelassen. Sie hatte ihren Geliebten angeblickt, die dunkeln Locken nass und zerzaust und sein Lächeln und seine Augen so voller Liebe für sie. Himmel, er war so umwerfend.

„Ich will dich heiraten, Enda Gallo. Eines Tages. Wenn ich von Jackson befreit bin und wenn das alles vorbei ist. Keine große Zeremonie. Nur du und ich auf einer einsamen Insel, weit weg von allen anderen. Es muss nicht einmal legal sein – nur legal genug, dass du weißt, wie sehr ich dich liebe und wie sehr ich dich mein ganzes Leben lang lieben werde ...“

Er hatte sie noch fester umarmt und sein Kuss war stürmisch und voller Leidenschaft gewesen. „Ich kann es kaum erwarten, Amalia, meine *Principessa*. Wenn du mich fragst, bin ich bereits dein Ehemann.“

WENN das doch nur wahr wäre, dachte Ama traurig, während sie sich für ein romantisches Abendessen mit dem Monster zurechtmachte, das ihr offiziell angetraut war. Sie zog sich geistesabwesend die Unterwäsche an, die er ihr gekauft hatte, und wechselte dann den Verband der Wunde. Sie hoffte, dass die Antibiotika schnell ihre Wirkung zeigen würden. Wenigstens würde eine ordentliche Mahlzeit ihr guttun.

Sie war bereits fertig, als Jackson eintraf, gefolgt von einer seiner Wachen, die einen Trolley voller Teller vor sich herschob. Die Wache ging sofort wieder und Jackson sperrte die Tür ab.

Er beäugte sie von oben bis unten. „Du siehst wunderschön aus, Darling.“

Ama schenkte ihm ein kleines Lächeln und hoffte, dass es authentisch wirkte. „Das Kleid ist herrlich. Danke, Jackson.“

Er strahlte. „Siehst du, wie netter alles ist, wenn wir freundlich zu einander sind? Bitte setz dich, Ama, und ich serviere dir das Abendessen.“

Sie setzte sich gehorsam und Jackson stellte einen zugedeckten Teller vor sie. Mit einer eleganten Handbewegung deckte er den Teller auf, lachte dann aber – faste ein Kichern, wie ein Schuljunge, der etwas ausgefressen hat. Ein kleiner Revolver lag auf dem Teller. „Ach, ich Dummerchen, da habe ich wohl den falschen Teller aufgedeckt." Er beugte sich vor, sodass sein Gesicht neben ihrem war und Ama gab sich Mühe, nicht vor ihm zurückzuweichen. „Den werde ich gebrauchen, wenn du irgendwas – *irgendwas* – tust heute Abend, was mir nicht gefällt, Liebes. Du bekommst drei ab und deine Schwester die anderen drei. Versprichst du mir jetzt, dass wir heute einen schönen Abend verbringen werden?"

„Ja."

„Lauter."

Sie blickte ihm in die Augen. „*Ja*, Jackson." *Du solltest hoffen, dass ich diese Knarre nicht zwischen die Finger bekomme, Jackson, denn sonst wirst du dir wünschen, du wärst nie geboren worden.* Sie schenkte ihm ein breites Lächeln und küsste ihn sanft.

Jackson lehnte sich lächelnd zurück. „Gut." Er steckte sich den Revolver in den Hosenbund und tauschte die Teller aus. Diesmal wurde Ama fast schwindelig von dem Duft des Essens, als er den Deckel anhob. Ein perfekt gebratenes Steak getränkt in Knoblauchbutter, eine Ofenkartoffel und angebratenes Gemüse. Trotz ihrer Wut und Angst lief Ama das Wasser im Mund zusammen. Jackson schien erfreut zu sein über ihre Reaktion. Er saß am anderen Ende des Tisches, während sie aßen, und der Revolver lag direkt neben seiner Hand.

Das Essen war gut und Ama bemerkte auf einmal, dass sie am Verhungern gewesen war. Jackson schenkte ihnen Rotwein ein und Ama nippte daran. Sie fragte sich, ob das eine gute Idee war, angesichts der Tabletten, die ihr der Arzt verschrieben hatte, aber sie würde alles tun, um diese Nacht zu ertragen.

Sie fühlte sich bereits seltsam, als sie mit der Vorspeise fertig wurden. Ihr schwamm der Kopf. War es zu viel Wein gewesen? Während sie in dem Obstsalat herumstocherte, den Jackson ihr serviert hatte, fühlte sie sich langsam völlig neben der Spur. *Vielleicht bin ich einfach erschöpft*, dachte sie, aber ihre Haut fühlte sich an, als stünde sie in Flammen.

Jackson beobachtete sie vorsichtig. „Stimmt irgendetwas nicht, mein Liebling?" Er grinste breit.

Ama stand auf und stieß dabei ihr Weinglas um, sodass es auf dem Boden landete. „Jackson ... hast du mir etwas ins Getränk gemischt?"

Er lachte. „Nur eine Kleinigkeit, damit du dich ein bisschen entspannst, Ama. Mach dir keine Sorgen, es wird dir nicht schaden. Es wird nur dafür sorgen, dass es zwischen uns ein wenig reibungsloser abläuft."

Sie sah nur noch verschwommen. „Jackson ... es geht mir nicht gut ..."

Sie taumelte auf das Bad zu, aber Jackson fing sie in seinen Armen auf. „Schon in Ordnung, Liebes, lass es einfach geschehen."

Sie spürte, wie er sie zum Bett trug und dann, wie ihre Haut kälter wurde, als er ihr das Kleid auszog. „Tu einfach so, als wäre ich mein Bastard von einem Bruder, Ama ..." Seine Stimme klang ganz weit weg und ihre Gliedmaßen fühlten sich an wie aus Sirup.

Als Jacksons Schwanz in sie eindrang, war sie kaum noch bei Bewusstsein, aber dennoch wurde ihr von der wiegenden Bewegung und seinem Körpergeruch übel. *Spiel deine Rolle. Vergiss nicht, dass er die Zügel in der Hand hat. Sag seinen Namen.*

„Jackson", flüsterte sie und hörte, wie er zufrieden kicherte.

„Gut, gut ... und das ist nur der Anfang des Abends, Ama. Ich habe noch eine Überraschung für dich."

Ama stand so neben sich, als Jackson endlich kam, dass sie kaum spürte, wie er sie in seine Arme hob und sie nur in das Laken gewickelt aus dem Zimmer trug. Er ging mit ihr den Gang hinunter und bevor Ama verstehen konnte, wo er sie hinbrachte, betrat er mit ihr bereits ein verdunkeltes Zimmer. „Wir werden uns heute auf etwas andere Art vergnügen, meine Liebe."

Er legte sie auf etwas ab, was sich wie eine hölzerne Bank anfühlte, und machte dann schwaches Licht an. Ama blinzelte und versuchte, sich wach zu halten, und spürte dann, wie ihr der Schrecken in die Glieder fuhr. Von der Decke hingen Ketten mit Handschellen daran befestigt.

Ein großes, hölzernes Bett mit einem breiten Kopfende und einem Andreaskreuz stand am anderen Ende des Raumes. An einer Wand hingen Peitschen, Paddel, Knebel und Geschirrzeug an Haken. An einer weiteren Wang war ein riesiger Flachbildfernseher befestigt und auf einem kleinen Tischchen unter dem Fernseher waren Messer ausgelegt.

Oh Gott, irgendwer muss mir helfen.

Es war ein Bondageraum, aber Jackson hatte ihm seinen eigenen Touch verliehen. Es war kein Ort für Experimente, für BDSM, für liebevolle Abenteuer, nein – es war eine Folterkammer. Er wollte sie erniedrigen, einschüchtern und um ihr Leben bangen lassen. Das machte Jackson an.

Sie drehte sich zu ihm um und sein Gesicht war lebendig vor Verlangen und Triumph.

„Bevor du mich für diesen Bastard verlassen hast", sagte er, „wollte ich das in unserer Villa einrichten – nachdem Dad gestorben war, natürlich. Dann, wenn die zwei Jahre zu ihrem Ende gekommen wären und du mich verlassen hättest wollen, hätte ich dich ein letztes Mal hierhergebracht. Ein letztes Mal, bevor ich dich umgebracht hätte. Ich hätte nie akzeptiert, dass du mich verlässt, Ama. Das weißt du doch jetzt, oder nicht?"

Kaum bei Bewusstsein und krank vor Angst nickte sie. Jackson nahm sie in den Arm. „Also, dieser Abend kann auf zwei Arten enden. Entweder ... du versuchst, es du genießen und mich glücklich zu machen, und du überlebst. Deine Schwester überlebt. Oder ..." Er nickte in Richtung der Messer. „Ich verwende sie *alle* an dir. Sie werden sich nicht einmal die Mühe geben, die Stichwunden zu zählen, Ama, das schwöre ich dir. Ich werde mir Zeit lassen und du wirst erfahren, wie sich die Hölle anfühlt."

„Warum?", sagte Ama jetzt, ihre Stimme kaum lauter als ein Flüstern. „Warum ich? Warum tust du das alles nur wegen mir? Warum hast du auch versucht, Inca zu töten?"

Jackson grinste. „Wo wir schon davon reden ..."

Er schnappte sich die Fernbedienung und auf dem Fernseher wurde das Video von dem Mordversuch an Inca abgespielt. Ama schrie entsetzt auf.

„Ich habe mir das immer wieder angesehen und mich einfach nur an der Angst und den Schmerzen ergötzt, die ihr in ihr schönes Gesicht geschrieben stehen. Wie das Messer in ihren Bauch schneidet wie Butter. Wie sich das Blut auf ihrem Kleid ausbreitet."

Jackson blickte wieder Ama an, die mittlerweile unkontrollierbar zitterte. Seine Augen waren nun kalt und tot und Ama konnte seine ganze Verrücktheit darin erkennen. „Ich wünschte, ich hätte die Männer, die Penny getötet haben, auch angewiesen, es zu filmen. Aber der Einfall ist mir leider erst gekommen, als ich Inca habe angreifen lassen."

Er war geisteskrank. Ein Monster. Ein ... Ama fehlten die Worte. Aber in ihrem Kopf setzte sich ein Gedanke fest. *Er ist geisteskrank ... das kannst du dir zunutze machen. Nutze es aus, damit Selima freigelassen wird. Nutze es aus, um dein eigenes Leben zu retten, wenn es geht ...*

Ama wusste nun, was sie tun musste. Sie musste ihre Gefühle unterdrücken und Jackson erlauben, zu tun, was er wollte ... auch wenn das den schlimmsten Eingriff in ihre Person bedeutete. Wenn das bedeutete, dass er ihr vertraute, würde sie das Risiko eingehen.

Himmel, Enda, es tut mir so leid ... ich versuche nur, mich zu dir zurück zu kämpfen.

Bitte vergib mir.

ENDA HATTE nichts im Schutt und der Asche der Villa seines Vaters gefunden. Er hatte das Team der Spurensicherung angerufen, die ihn untersuchen hatten lassen, was sie aus den Überresten der Villa seines Vaters gefischt hatten. Darunter waren ein paar alte Fotos, stark angebrannt und beinahe unkenntlich, ein paar alte Briefe, die Macaulay an Olivier und Jacksons Mutter geschrieben hatte, Kassenzettel und Rechnungen. Aber sonst nichts. Keine Hinweise.

Frustriert fuhr er ins Büro. Die Polizei wusste, wie sie ihn dort finden könnte, und wenigstens konnte er sich von dort aus die Suche koordinieren.

Raffaelo rief ihn kurz nach mittags an. „Rate mal, was?"

„Sag es mir."

„Wir kommen in die Staaten."

Enda war verdutzt. „Geht es Inca gut genug?"

Raff zögerte und seufzte dann. „Nicht wirklich, aber sie besteht darauf. Es gibt dort einen Chirurgen, der vielleicht ein paar von den Narben richten kann. Unter uns, ich glaube, dass Inca das als Ausrede verwendet. Sie weiß, dass ich ihr nichts abschlagen kann. Sie ist jetzt schon viel stärker und sie ist nicht mehr an irgendwelche Maschinen gefesselt. Ich habe ausgehandelt, dass eine Schwester uns begleitet, aber ja, wir kommen nach Amerika."

Enda setzte sich erstmal hin. „Egoistischerweise, Raff, kann ich es kaum erwarten, euch wiederzusehen, aber hältst du das wirklich für eine gute Idee?"

„Inca und ich ... wir wollen für dich da sein, Enda. Du bist mein Bruder und wir können nicht dabei zusehen, wie es dir so schlecht ergeht."

Enda war so gerührt, dass es ihm die Sprache verschlug. Raff lachte sanft. „Wir kommen morgen, Enda. Bleib tapfer."

AM NÄCHSTEN TAG fuhr Enda zum Flughafen hinaus, um sie von ihrem Privatjet abzuholen. Inca lächelte ihn an, aber er war schockiert darüber, wie dünn und blass sie geworden war. Raff umarmte ihn fest. „Wir sind jetzt alle zusammen ... wir werden Ama finden, ich schwöre es dir."

ENDA BESTAND DARAUF, dass Raff, Inca und Incas Krankenschwester, eine nette Frau Mitte Fünfzig namens Giovanna, oder Vanni, wie Inca sie bereits nannte, bei ihm wohnten. „Lass dich von diesem lieben Gesicht nicht täuschen", hatte Inca Enda gewarnt, während Giovanna gekichert hatte. „Sie regiert mit eiserner Faust."

Enda staunte erneut über Incas Fähigkeit, Menschen zu ihren Freunden zu machen, selbst wenn sie offensichtlich noch starke Schmerzen hatte. Raff sah nach dem, was passiert war, älter, trauriger und gezeichneter aus, aber Enda sah, dass er sich abkämpfte, um sich sein Leiden nicht anmerken zu lassen.

Als Enda später mit Raff alleine sprechen konnte, gab Raff zu, dass er am Boden zerstört war. „Ich fühle mich einfach so verdammt hilflos. Ist denn die einzige Lösung, Inca in einem Elfenbeinturm einzusperren, um sie in Sicherheit zu haben?"

„Gott, es tut mir so leid, Raff. Wenn es dir hilft, mir geht es ganz genau so, Alter."

Raff nickte. „Natürlich. Tut mir leid. In Ordnung, erzähl mir schon mal alles, was du herausgefunden hast."

SIE GINGEN GEMEINSAM die Landkarten von Kalifornien durch. „Wir glauben, dass er das bis ins kleinste Detail geplant hat; wo auch immer sein Untergrundreich ist, es ist irgendwo versteckt. Die Orte, die die Polizei und mein Team schon abgesucht haben, waren alle mit der Straße zu erreichen. Wo auch immer Jackson ist, es ist mit Sicherheit ganz abgelegen von der Zivilisation."

Enda lachte kurz auf und raufte sich das dunkle Haar. „Ich habe Tage auf Google Earth damit zugebracht, zu versuchen, *irgend*etwas zu finden. Ich glaube, wir müssen unsere Suche ausweiten."

Raff nickte. „Dann brauchen wir neue Teams. Leute, die den Misserfolg noch nicht müde sind."

„Das finde ich auch. Und wir müssen nach dem Rasterverfahren suchen, finde ich. Egal, wie viel das kostet."

„Geld spielt keine Rolle. Das weißt du. Holen wir sie einfach nach Hause."

AMA ERWACHTE MIT STEIFEN GLIEDERN. Sie spürte eine Hand auf ihrem Arm und rutschte panisch davor weg.

„Ich bin es, Ama." Selima. Ama atmete erleichtert auf. Sie lag in Selimas Zimmer auf dem Bett. Selima schenkte ihr eine Tasse Wasser ein.

„Sie haben dich gestern Nacht spät noch hierhergebracht.

Jackson hat gesagt, wir könnten ab jetzt zusammenbleiben. Er hat ... komisch ausgesehen."

Ama trank das kühle Wasser und schloss ihre Augen. Gestern Nacht war die schlimmste, erniedrigendste Nach ihres Lebens gewesen, aber sie durfte nicht zusammenbrechen. Nicht solange Selima bei ihr war. Selima legte ihren Arm um ihre Schwester.

„Sprich mit mir."

„Ich kann nicht", flüsterte Ama. „Du sollst niemals erfahren, was passiert ist."

Ihre Worte reichten aus, um Selima in stumme Tränen ausbrechen zu lassen. „Oh nein, nein, Ama, nein ..."

Ama umarmte sie noch einmal fest, bevor sie sich wieder von ihr löste. „Ich muss mich waschen."

Selima half ihr dabei, sich zu entkleiden, und versuchte, sich ihr Entsetzen nicht anmerken zu lassen, als sie die Schnitte und blauen Flecken auf dem Körper ihrer Schwester sah. Ama fühlte sich kaputt und als sie in die Wanne stieg, zuckte sie zusammen, als das heiße Wasser sich in ihre Wunden bohrte.

Sie fühlte sich nicht mit sich verbunden, völlig seelenlos und leer. Jackson hatte ihr Dinge angetan, an die sie nicht einmal denken wollte und die sie mit Sicherheit niemals Selima erzählen würde ... oder Enda. Jackson war ein Monster, ein abartiger Mensch, und Ama wusste nun, dass es nur eine Möglichkeit gab, ihre Schwester zu retten, und zwar indem sie sich opferte.

Nachdem sie gebadet hatte, klopfte sie an die Tür. Die Wache öffnete sie. „Sag Jackson, dass ich ihn sehen möchte. Jetzt gleich. Ich habe einen Vorschlag für ihn." Die Wache nickte und wollte gerade die Türe schließen, als Ama ihn aufhielt. „Und sag ihm, er soll sein Lieblingsmesser mitbringen."

Selima riss die Augen auf, aber Ama schüttelte den Kopf. „Ich weiß, was ich tun muss, Selima. Ich hole dich hier raus. Wenn Jackson jetzt kommt, will ich, dass du ins Bad gehst und uns in Ruhe lässt. Glaub nicht das, was ich ihm sagen werde. Schaffst du das?"

Selima nickte mit angsterfüllten Augen. Als Jackson ankam, ging Selima ins Bad. Ama blickte ihren Ehemann an.

Jackson betrachtete sie eingehend und lächelte. „Du siehst wunderschön aus."

Ama starrte ihn kühl an und ließ dann ihr Kleid auf den Boden sinken. „Wirklich? Gefalle ich dir so zerschnitten, verprügelt und verwundet?"

Er grinste breit. „Ich denke, darauf kennst du schon die Antwort."

„Das tue ich." Sie ging nackt auf ihn zu. „Du geilst dich daran auf, Frauen wehzutun. Das treibt dich doch an, nicht wahr?"

Sie packte seine Hand, die mit dem Messer, und trat näher auf ihn zu, sodass die Klinge in ihren Bauch drückte. „Tu es, Jackson. Du weißt, dass du es willst. Jag es mir in den Bauch."

Jackson blickte sie misstrauisch an und er riss das Messer von ihr weg. „Warum sollte ich das tun ... vor allem nachdem wir gestern in neue Höhen der Lust aufgestiegen sind?"

Himmel ... Worte konnten seine Widerwärtigkeit nicht beschreiben. „Willst du es wieder tun?"

„Natürlich."

„Dann habe ich einen Vorschlag für dich. Lass meine Schwester unversehrt frei. Du oder einer deiner Handlanger bringt sie in ein Krankenhaus, in einem Staat deiner Wahl. Wenn ich im Fernsehen sehe, dass sie in Sicherheit ist, gehe ich mit dir hin, wo du willst. Ich mache mit dir *alles*, was du willst. Sie werden uns niemals finden."

Jackson verengte seine Augen. „Und was, wenn ich es nicht tue?"

„Dann solltest du dieses Messer nehmen und mich umbringen. Weil wenn du denkst, dass ich mich nach gestern Nacht je wieder von dir anfassen lassen werde, nach allem, was du mir angetan hast, ohne dass ich etwas dafür bekommen hätte ..."

Seine Hand schoss nach oben und packte sie um den Hals. „Welche Garantie gibst du mir, dass du dein Wort hältst, wenn ich Selima freilasse?"

Ama erwiderte seinen Blick kühl. „Die hast du nicht. Aber dann kannst du mich immer noch töten und dir beim Anblick meiner Leiche einen runterholen. Du hast nichts zu verlieren."

Jackson war einen langen Augenblick lang still. „Du weißt doch, wie das alles schließlich enden wird, nicht wahr, Amalia? Mit deinem Blut an meinen Fingern."

Sie nickte. „Ich weiß."

Er ließ sie frei und sie tat einen Schritt zurück und zog sich ihr Kleid wieder an. Würde er sich auf den Deal einlassen? Ama bemerkte, dass sie ihren Atem anhielt.

Jackson nickte. „Ich werde darüber nachdenken."

„Danke."

Als Jackson weg war, kam Selima aus dem Bad und die Tränen liefen ihr über das Gesicht. Sie hatte offensichtlich zugehört.

„Ich verlasse dich nicht."

Ama nickte. „Doch, das *wirst* du. Selima, hör zu ... das ist die einzige Möglichkeit. Du bist meine beste Chance. Wenn du die Polizei hierherlotsen kannst oder ihnen etwas sagen kannst, habe ich vielleicht eine Chance. Sonst hat mir gestern Nacht eigentlich nur eine Sache gezeigt: Jackson will mich nicht lebend hier rauslassen. Niemals. Aber du bekommst die Chance zu leben."

Ihre Stimme brach und Selima kam auf sie zu. „Ich verlasse dich nicht", wiederholte sie schluchzend.

Ama umarmte sie fest. „Du *musst* ... Du musst Enda sagen, dass ich ihn liebe. Dass ich ihn immer lieben werde. Bitte, Selima ... bitte tu das für mich."

Ein paar Stunden später kehrte Jackson mit zwei Wachen und dem Arzt zurück. Der Arzt schenkte Ama einen seltsamen Blick, aber Jackson bemerkte es nicht. „Du hast einen Deal, Ama. Du", er blickte Selima an. „Der Arzt wird dir für die Reise etwas geben. Keine Sorge. Es ist nur ein Beruhigungsmittel. Du darfst dich schließlich an keine Details erinnern, die mit diesem Ort zu tun haben. Meine Männer werden dich in ein Krankenhaus bringen, in dem du darum bitten wirst, mit der Presse zu sprechen, damit Ama sehen kann, dass es dir gut geht. Verabschiedet euch, Ladies."

Ama umarmte ihre heulende Schwester. „Mach was aus deinem Leben, Selima. Für mich. Sag Enda, dass ich ihn liebe und dass ich keine Sekunde lang meine Zeit mit ihm bereue."

Jackson wurde langsam ungeduldig. „Das reicht. Doktor!"

Der Arzt injizierte Selima und Ama hielt ihre Hand, als sie in Ohnmacht fiel. Sie blickte die beiden Männer an. „Bitte kümmert euch gut um sie."

Einer von ihnen nickte und der andere blickte sie nur regungslos an. Ama küsste ihre Schwester auf die Stirn und die Männer trugen Selima nach draußen. Ama hatte große Angst, dass Jackson es sich im letzten Moment noch anders überlegen würde, und er sah es ihr an. „Wir haben uns auf etwas geeinigt, Ama. Deine Schwester kommt in Sicherheit."

Aus irgendeinem Grund glaubte sie ihm. Sie setzte sich schwerfällig auf das Bett und fühlte sich völlig erschöpft. Der Arzt sah sie an und prüfte die Temperatur ihrer Stirn. „Du hast Fieber. Vielleicht sollte ich nach deiner Wunde sehen."

Jackson nickte. „Ich gebe dir zehn Minuten, Doc. Tu das Nötige."

Er ließ sie alleine. Der Arzt half ihr aus ihrem Kleid heraus und zuckte zusammen, als er die Wunden sah. „Ich habe nicht viel Zeit, aber ich werde mich um die Wunden kümmern." Er beugte sich noch näher zu ihr. „Meine Liebe, ich muss dir etwas sagen. Ich habe die Bluttests gemacht. Du hast eine leichte Entzündung, aber die Antibiotika regeln das ohne Probleme. Aber da ist noch etwas. Du bist schwanger, meine Liebe."

INCA, die immer noch an den Rollstuhl gefesselt war, bat Vanni, sie in Endas Arbeitszimmer zu rollen. Als sie dort ankam, waren die beiden Männer immer noch in eine Diskussion vor einer Landkarte von Kalifornien vertieft. Sie blickten auf, als sie hereinrollte.

„Danke, Vanni", lächelte Inca die Krankenschwester an, die grinste und aus dem Zimmer verschwand. Inca wedelte mit ein paar Fotos. „Enda, diese waren noch bei den Sachen aus dem Feuer dabei. Kannst du mir sagen, wo sie entstanden sind?"

Er nahm ihr die alten, verblassten und beschädigten Polaroids ab und betrachtete es eingehend. Auf dem einen waren ein Feld und Bäume zu sehen, von der Sonne verbrannt. Das andere zeigte eine Reihe Brückensteine, die über einen kleinen Bach führten. Enda runzelte die Stirn. „Ich weiß es nicht, Inca, wieso?"

„Ich habe mir gedacht – vielleicht ist das ein Ort, an den Jackson als Kind gegangen ist? Die Fotos sind alt und verblasst, aber ich habe mich gefragt, ob das ein Ort ist, dem Jackson sich verbunden fühlt, oder an den er gute Erinnerungen hat, sodass er vielleicht ..." Sie verstummte, als sie die Skepsis in ihren Gesichtern sah. „Ich weiß. Ich klammere mich an Grashalmen fest, aber um Himmels willen, er muss doch irgendwo sein."

Raff ging zu seiner Frau und umarmte sie. „Mittlerweile ist jede Idee eine gute Idee, *Bella*. Tut mir leid, wenn wir nicht besonders enthusiastisch gewirkt haben."

Enda nickte. „Da stimme ich zu. Mittlerweile ist alles etwas wert. Olivier ist bald hier; wir können ihn fragen, ob er uns etwas sagen kann."

ZWEI STUNDEN SPÄTER NICKTE OLIVIER, während er die Fotos anblickte. „Ja ... das war ein Ort, an den unsere Mama uns manchmal gebracht hat, wenn sie wollte, dass wir dem ganzen ‚Luxus' mal entkommen, wie sie gemeint hat, und einfach mal normale Kinder sein können. Sie hat uns gezeigt, wie man in dem Bach fischt, und war mit uns in den Bergen wandern. Diese Ausflüge waren immer etwas ganz Besonderes. Ob ihr es glaubt oder nicht, das waren die einzigen Tage, an denen Jackson und ich uns verstanden haben."

Enda versuchte, sich nicht allzu große Hoffnungen zu machen. Er wechselte einen Blick mit Inca. „Wo ist es?"

„In Fresno County, in der Nähe von einem Ort namens Humphrey's Station." Endlich kapierte es auch Olivier. „Wirklich? Glaubt ihr, dass er dort sein könnte?"

„Es ist eine Möglichkeit", sagte Enda. „Mittlerweile würde ich jede Spur verfolgen."

„Wir haben ein paar Männer in der Gegen, die sie schon durchsuchen, und zwar Zentimeter für Zentimeter. Wenn wir recht haben, muss es irgendwelche Beweise geben, dass er dort ist."

Auf einmal wurde die Tür aufgerissen und Vanni kam herein. „Mr. Gallo, bitte, der Fernseher ..."

Sie war außer Atem und weinte fast. Enda schaltete den Fernseher an und sie blieben alle wie erstarrt stehen. Selima Rai, mit tränenüberströmtem Gesicht und einem Polizisten an jeder Seite flehte die Welt an, ihre Schwester zu retten.

AMA SASS auf dem kühlen Badezimmerboden und hatte den Kopf in die Hände gestützt. Schwanger. Wie konnte das sein? Sie nahm schon seit Monaten die Pille ... sie hatte nur die letzten paar Tage ausfallen lassen, aus offensichtlichen Gründen. Bedeutete das, dass das Baby von Jackson war? Himmel ...

Aber sie konnte das kleine Leben in ihr nicht hassen, denn es bestand eine Chance, eine sehr *kleine* Chance, dass es Endas Kind war. Zuvor, bevor sie von ihrer Schwangerschaft erfahren hatte und nachdem Selima weggebracht worden war, hatte sie sich damit abgefunden, dass sie wahrscheinlich bald getötet werden würde. Sie hatte es akzeptiert.

Aber nun? Nun musste sie versuchen, sich und das Baby zu retten. Das war offensichtlich. Sie erschrak, als Jackson in die Suite kam und ihren Namen rief.

„Hier drin. Ich bin gleich draußen."

Sie drückte die Spülung und klatschte sich Wasser ins Gesicht. Als sie wieder ins Schlafzimmer kam, lächelte Jackson sie an. „Zeit, ein bisschen fernzusehen, meine Liebe."

IM BONDAGERAUM, in dem Ama absichtlich keinen Blick auf das Bett warf, auf dem sie am Abend zuvor so schrecklich misshandelt worden war, schaltete Jackson den Fernseher an. Er stellte den Nachrichtenkanal ein und als Ama das Gesicht ihrer Schwester sah, die bei der Polizei und in Sicherheit war, brach sie in Tränen aus. *Gott sei Dank. Gott sei Dank ...*

Sie spürte, wie Jackson den Arm um sie legte. „Ama ... von nun an werden wir ein glückliches Pärchen sein. Zusammen. Heute Abend werden wir an einen anderen Ort fliegen, an dem sie uns niemals finden werden. Danke, dass du mir dieses Geschenk gemacht hast, meine Liebe."

Himmel, er ist wirklich verrückt, oder? Ein glückliches Pärchen? Spiel mit, sagte ihr ihr Unterbewusstsein.

Sie blickte zu ihm auf und lächelte ihn an. „Danke, Jackson. Danke, dass du Wort gehalten hast."

Jackson küsste sie und sie zwang sich, seinen Kuss zu erwidern. Er schob ihr Kleid von den Schultern und zog sie aus und Ama wehrte sich nicht, küsste ihn leidenschaftlich und holte seinen Penis aus seiner Hose. Die Dinge waren ihr um Einiges klarer geworden, seit der Arzt ihr von dem Baby erzählt hatte, und sie wusste nun, dass dieser Raum ihr einziger Ausweg war.

Das, gepaart mit Jacksons Arroganz. Sie lächelte ihn an. „Ich will dich schmecken." Sie würgte fast bei ihren Worten, aber Jackson lächelte, nickte und drückte ihren Kopf in seinen Schoß. Ama nahm sein Ding in den Mund. Während sie ihn stimulierte, blickte sie sich im Raum um und untersuchte jede Möglichkeit, sich einen Vorteil zu verschaffen. Seine Messersammlung war die offensichtlichste, aber sie lag auf der anderen Seite des Raumes.

Egal, was. Alles wird was helfen ... Adrenalin strömte durch ihre Adern, als sie bemerkte, dass der Moment gekommen war. Es war soweit.

Jackson grunzte und grinste auf sie herab. „Das fühlt sich so geil an, Baby. Ich will in deinem Mund kommen ..."

Und als er stöhnen kam, spannte Ama ihren Kiefer an und biss so fest zu, wie sie nur konnte.

SOBALD SELIMA BESTÄTIGT HATTE, dass sie in der Nähe von Fresno festgehalten worden waren, flogen das FBI, Enda, Raffaelo und

Olivier in Helikoptern über das Gebiet, wo Olivier und Jackson als Kinder gespielt hatten. Inca hatte auch mitkommen wollen, aber Raffaelo hatte es ihr verboten. „Auf keinen Fall", hatte er gesagt. „Du kommst mir nicht in die Nähe von dicken Knarren und Jackson Gallo."

Sie hatte protestiert, aber aufgegeben, als Raffaelo ihr klar gemacht hatte, dass er es ernst meinte. „Und außerdem", sagte Raffaelo, „wird Selima hierher gebracht. Ihr werdet einander brauchen, wenn ... irgendetwas schief läuft." Er senkte die Stimme, damit Enda ihn nicht hören konnte. „Redet nicht mit der Presse. Natürlich hat das FBI ein Presseverbot verhängt, bis die Operation abgeschlossen ist, aber man weiß ja nie."

NUN, als er im Helikopter neben Enda saß, konnte er sehen, dass sein Freund ausgesprochen angespannt war. Enda wippte ständig mit seinem Bein auf und ab und starrte aus dem Fenster, während Kalifornien unter ihnen vorbeizog. Aber Raffaelo fühlte sich zum ersten Mal seit Tagen optimistisch. Sie hatten eine Spur.

Als sie an dem kleinen, isolierten Ort namens Humphrey's Station ankamen, wurden sie von einem FBI-Agenten abgeholt. „Wir haben es gefunden. Es ist in den Hügel eingebaut und wir hätten es fast übersehen, aber wir haben ein Auto gesehen, das aus einem der Täler herausgefahren ist, die dorthin führen. Ein Arzt. Wir haben ihn abgefangen und er hat nachgegeben und uns alles gestanden. Mr. Gallo, Ihre Partnerin wird dort drinnen festgehalten. Wir machen uns Sorgen, dass viele bewaffnete Wachen auf dem Anwesen sind, ebenso wie Jackson Gallo. Wir müssen diese Sache vorsichtig angehen."

ENDA HÄTTE vor Frustration am liebsten geschrien. *Geht einfach da rein und holt sie raus!* Aber er wusste, dass sie recht hatten. Wenn Jackson Wind davon bekommen würde, dass man ihn entdeckt hatte, würde er Ama töten und sich ein Feuergefecht mit der Polizei leisten.

Raff legte eine Hand auf seine Schulter. „Wir sind fast am Ziel, Enda. Bleib stark."

JACKSON SCHRIE AUF, als Amas Zähne sich in seinen Penis bohrten. Ama schmeckte Blut und als sie sah, wie er sich zusammenkrümmte, öffnete sie ihren Mund wieder und taumelte vor ihm zurück, dorthin, wo er seine Messer lagerte. Entsetzt stellte sie fest, dass er den Glasdeckel daraufgelegt und abgesperrt hatte.

Scheiße.

Jackson erholte sich bereits – so gut es ging mit nur einem halben Penis. Ama hatte die andere Hälfte ausgespuckt. Jetzt blickte er sie mordlustig an.

Aber anstatt Angst zu bekommen, wurde Ama einfach nur wütend. Außer sich. Rasend. Sie packte, was auch immer ihr zwischen die Finger kam, und warf es ihm an den Kopf, als er auf sie zustürzte, doch er duckte sich rechtzeitig weg. Sie fand ein Paddel und schlug ihm damit ins Gesicht. Jackson taumelte zurück, aber gerade, als Ama dachte, sie hätte die Oberhand, schnappte er sich eine Peitsche und zog sie ihr übers Gesicht, bevor er sie um ihren Hals wickelte und festzog. Ama hustete und würgte, wand sich, versuchte, sich zu befreien, aber ihre Atemwege waren abgeschnitten, und sie spürte, wie sie ohnmächtig wurde. Verzweifelt – denn Bewusstlosigkeit wäre gleichbedeutend mit dem Tod – versuchte sie, irgendetwas zu packen zu bekommen. Ihre Finger legten sich um ein Pferdegeschirr, mit Nieten versetzt, ledrig und schwer. Sie holte wieder und wieder damit aus, in der Hoffnung, Jackson damit im Auge zu treffen, und als er aufheulte und die Peitsche um ihren Hals loser wurde und zu Boden fiel, wusste sie, dass sie ihr Ziel getroffen hatte. Sie hechtete über das Bett und warf sich auf die gläserne Vitrine, in der Hoffnung, dass ihr Körpergewicht das Glas brechen würde. Es bekam einen Sprung, aber es brach nicht.

„Du verdammtes Miststück! Ich bring dich um. Ich bring dich um!" Jackson kam schon wieder auf sie zu und voller Verzweiflung rammte sie mit aller Macht ihren Ellenbogen in das Glas. Das Glas brach und ihr Ellenbogen auch, und trotz der überwältigenden Schmerzen, die sie in ihrem Arm verspürte, schnappte sie sich, was sie konnte – eine Glasscherbe – und als Jackson sie packte, holte sie aus.

Jackson taumelte rückwärts, während Ama von einem dünnen Film seines Blutes bedeckt wurde, das aus seinem Hals spritzte. Jackson fiel zu Boden, seine Halsschlagader platzte von dem Druck des Blutes, das aus der Wunde spritzte. Ama sank auf die Knie, rang um Luft und suchte in Jacksons Taschen nach den Schlüsseln. Er packte sie am Arm. „Ich bringe dich um ...“

Sie schüttelte seine Hand ab. „Fahr zur Hölle, Jackson. Da kommst du eh in ein paar Sekunden hin, schätze ich. Du verblutest, du Idiot, und niemand, *niemand* wird um dich trauern.“ Ihre Wut trieb sie immer noch an, als sie ein Messer aus dem zersprungenen Kasten nahm. „Das ist für Selima, für Inca und für Penny.“ Sie rammte ihm das Messer in die Brust, direkt ins Herz. Jackson machte ein gurgelndes Geräusch, dann fiel sein Kopf auf die Seite und seine Augen starrten ausdruckslos vor sich hin.

Ama setzte sich und versuchte, wieder zu Atem zu kommen. Und jetzt? Sie musste den Ausgang finden, unbewaffnet, und weiß Gott wie viele bewaffnete Wachen würden sie sofort erschießen. Sie legte eine Hand auf ihren Bauch.

„Komm schon, Kleine, wir sind schon so weit gekommen.“ Sie nahm sich Jacksons Schlüssel, öffnete die Tür und schlüpfte aus dem Zimmer in die Flure.

Enda beobachtete das FBI und das SWAT-Team beim Pläneschmieden und wurde immer irritierter. Er wusste, dass es nicht fair war, aber sie waren bereits stundenlang hier und Ama war immer noch dort drin, doch die Autoritäten fanden es zu riskant, um bereits vorzudringen.

„Wieso? Wie groß soll das Risiko für Ama noch werden?“

Aber Raff beruhigte ihn. Jetzt wurde es dunkel und sie arbeiteten immer noch eine Strategie aus. Scheiß drauf. Enda duckte sich an den Polizeifahrzeugen vorbei und rannte dorthin, wo der Eingang vermutet wurde, duckte sich hinter Gebüsch und Bäume und schlich sich in dem schwachen Licht heimlich heran. Am Eingang sah er eine Wache patrouillieren. Er ging still hinter dem Mann her und schlug ihn bewusstlos mit einem Haken an die Schläfe. Der Mann sackte lautlos in sich zusammen. Enda schnappte sich seine Knarre und zog ihm damit noch eine über, nur um sicherzugehen, dass er wirklich außer Gefecht war. Er nahm der Wache ihre Handschellen ab und fesselte ihm die Hände hinter dem Rücken.

„Was zum Teufel machst du da?"

Enda wirbelte herum und sah einen wütenden Raff hinter sich stehen. Enda seufzte. „Geh wieder zurück, Raff. Das ist mein Kampf."

„Auf keinen Fall."

Enda schüttelte den Kopf. „Red keinen Unsinn ... wir wissen beide, dass das eine Selbstmordaktion ist. Mach Inca nicht zur Witwe."

Raffs Gesicht versteinerte. „Du hast recht, besser, sie hat einen Feigling als Ehemann. Wenn du reingehst, gehe ich auch rein. So wird das hier laufen."

Enda sah, dass Raff sich nicht vom Fleck bewegen würde. „Von mir aus. Bleib hinter mir. Wir haben nur eine Waffe."

Er sperrte die Eingangstür auf und schlüpfte hinein, Raff dicht auf den Fersen.

OLIVIER SPRACH mit dem verantwortlichen FBI-Agenten und blickte sich nun um, um seinen Bruder und seinen Freund in das Gespräch einzubinden. Er konnte sie nirgends sehen.

Olivier runzelte die Stirn. Wo zum Teufel waren sie? Dann wurde es ihm klar und er fluchte laut. Der FBI-Agent blickte ihn an und Olivier blickte ihn grimmig an.

„Ja. Wir haben da vielleicht ein Problem."

· · ·

BEWAFFNET mit einem Messer torkelte Ama durch die Gänge, die Ohren gespitzt. Sie musste sich in Zimmer ducken, von denen sie nicht wusste, ob jemand darin wohnte, und noch frustrierender war, dass sie sich immer tiefer im Labyrinth der Tunnel zu verlaufen schien. Sie hielt in einem dunklen Korridor inne und versuchte, die Panik zu unterdrücken, die in ihr aufkam. Sie hörte, wie zwei Männer sich näherten, und glitt wieder in die Dunkelheit zurück.

„Was glaubst du, dass er heute mit ihr anstellen wird?", sagte der eine Mann spöttisch.

„Ich weiß nicht, aber ich wäre nicht gerne dieses Mädchen. Er ist ein echt kranker Typ. Wenn er nicht so gut bezahlen würde, würde ich ihn selbst kaltmachen. Die Arme."

„Ach, was. Die sieht doch aus wie eine Hure."

„Zeig mal ein bisschen Respekt, du Arsch."

Ama runzelte die Stirn. Sie hassten Jackson genauso sehr wie sie. Vielleicht würden sie ihr helfen ... *nein. Sei nicht dumm. Du hast gerade ihren Goldesel getötet.* Als sie an ihr vorbeigegangen waren, ging sie in die Richtung, aus der sie gekommen waren, und folgte dem Labyrinth der Gänge an dem Raum vorbei, wo Jacksons Leiche lag, und dann zu dem Zimmer, in dem sie und Selima festgehalten wurden. Irgendetwas sagte ihr, dass das der richtige Weg war. Sie spürte auf einmal wieder einen starken Schmerz – einen Krampf, oder vielleicht hatte ihre Wunde sich geöffnet. Sie blickte an sich herab und sah, wie das Blut über ihre nackte Haut strömte; ihr fiel wieder ein, dass sie nur Unterwäsche trug. Was für eine schreckliche Situation. Sie musste fast kichern, eine hysterische Reaktion auf die Umstände.

„Stehengeblieben, Schönheit, sonst muss ich dir eine Kugel in deinen schönen Körper jagen."

Ama erstarrte. *Verdammt. Dummes Mädchen. Du hättest dich konzentrieren sollen.* Sie drehte sich langsam um, um zu sehen, wie eine der Wachen eine Pistole auf sie richtete. „Leg das Messer auf den Boden, Süße."

Sie ließ das Messer fallen und hob die Hände.

„Wo ist Jackson?"

Ama schluckte. *Jetzt gibt es keinen Ausweg mehr.* „Tot. Ich habe ihn umgebracht. Mach also mit mir, was du willst. Er ist tot und ich bin verdammt froh darüber."

Die Wache sah überrascht aus, grinste dann aber. „Gut. Dann kann ich mich vielleicht noch ein wenig mit dir vergnügen, bevor ich dich umbringe, Schönheit."

Er ging bereits auf sie zu, als Ama den Schuss hörte. Sie spürte, wie die Kugel über ihrem Kopf durch die Luft sauste und die Wache mitten in die Stirn traf. Er fiel wie ein Stein herab und Ama wirbelte herum ... um die Liebe ihres Lebens, Enda, dort stehen zu sehen, die Pistole immer noch auf die Wache gerichtet. Sie konnte es nicht glauben. Enda ließ die Pistole sinken und überreichte sie Raff, der sie anlächelte. Enda ging zunächst langsam los, dann, als Ama anfing, auf ihn zuzurennen, rannte er auch los und nahm sie in die Arme. Ama schluchzte nun, ihr war egal, wer sie hörte. Enda küsste ihr Gesicht, ihre Haare, und seine Stimme brach, als er ihr wieder und wieder sagte, dass er sie liebte.

„Leute, wir müssen los. Jetzt." Raff blickte sie entschuldigend an, aber Enda nickte. Mit Ama auf den Armen rannte er auf den Eingang zu. Als sie die Tür erreichten, ertönten Schüsse, die sie nur knapp verfehlten, und sie sprangen nach draußen und rannten los. Scheinwerferlicht tauchte die Lichtung in grelles Licht und sie blinzelten momentan erblindet. Chaos folgte. Die FBI-Agenten brachten sie in Sicherheit und schon bald saßen Ama und Enda in einem Krankenwagen und waren unterwegs nach Fresno ins Krankenhaus.

IM KRANKENHAUS UNTERSUCHTE ein Arzt sie, während Enda sich auf den Weg machte, um Olivier anzurufen. Ama nahm die Hand der Ärztin. „Ich bin schwanger", flüsterte sie. „Keiner weiß es. Können Sie mir sagen, im wievielten Monat ich bin?"

Die Ärztin, eine freundlich aussehende Frau, lächelte. „Wir machen ein paar Tests. Ganz diskret", fügte sie hinzu. „Bis dahin brauchen Sie eine kleine Operation, damit Sie besser heilen können."

·   ·   ·

SPÄTER KAM Enda zurück und sie genossen endlich wieder ein wenig Zeit zu zweit. Enda umarmte sie fest. „Gott, ich will gar nicht daran denken, dass ich dich beinahe verloren hätte."

Ama entspannte sich in seinen Armen. „Jetzt ist es vorbei, Baby. Wir können glücklich sein."

„Da hast du recht."

Sie saßen eine Weile still beieinander, bevor Ama ihm ernst in die Augen blickte. „Ich habe Jackson getötet. Deinen Bruder."

„*Halb*bruder. Und scheiß auf ihn. Die Welt ist besser ohne ihn."

„Glaubst du, dass Olivier das auch finden wird?"

Enda strich ihr eine Haarsträhne aus dem Gesicht. „*Cara mia*, Olivier liebt dich. Du hast getan, was du konntest, um zu überleben. Er weiß, dass du das Richtige getan hast."

„Aber er trauert?"

Enda nickte. „Eher um den Gedanken eines Bruders als um Jackson. Aber glaube mir, er steht zu hundert Prozent hinter dir."

Ama seufzte. „Ich kann es kaum erwarten, hier rauszukommen."

„Sobald wir hier raus sind, heirate ich dich."

Ama lachte. „Na, das solltest du auch."

„Klopf, klopf." Es war die Ärztin von vorhin, die sie anlächelte. „Wir haben die Tests abgeschlossen."

Ama spürte, wie ihr Herzschlag sich verschnellerte. „Wie viele?" *Monate*, fragte sie im Stillen und die Ärztin nickte.

„Drei." Und sie grinste. Ama brach in Tränen aus und lächelte trotzdem. Enda war ausgesprochen verwirrt.

„Was ist los?"

Die Ärztin lächelte wieder, verließ dann das Zimmer und schloss die Tür hinter sich. Ama war sprachlos vor Erleichterung und Freude, aber schließlich, als Enda schon langsam besorgt aussah, nahm sie sein Gesicht in die Hände und verkündete ihm mit leuchtenden Augen, dass er in sechs Monaten Vater werden würde und dass ihr Leben als Familie dann wirklich anfangen konnte.

ENDE.

✾ Erstellt mit Vellum

9 781648 088766